KB250897

Steven Paul Jobs

스티브 잡스를 꿈꿔 봐

내가 꿈꾸는 사람 _ IT
Steven Paul Jobs

스티브 잡스를 꿈꿔 봐

초판 1쇄 2011년 11월 21일
초판 11쇄 2021년 12월 02일

글 임원기 | 기획 이숙은 | 그림 민은정
편집 이세은 | 교정교열 염현정 | 마케팅 강백산 · 강지연 | 디자인 권석연 · 정지은
펴낸이 이재일 | 펴낸곳 토토북 04034 서울시 마포구 양화로11길 18 3층 (서교동, 원오빌딩)
전화 02-332-6255 | 팩스 02-332-6286
홈페이지 www.totobook.com | 전자우편 totobooks@hanmail.net
출판등록 2002년 5월 30일 제10-2394호
ISBN 978-89-6496-028-8 44890
ISBN 978-89-6496-027-1 44890 (세트)

사진 제공_게티 이미지, 연합포토, 코르비스

Steven Paul Jobs

스티브 잡스를 꿈꿔 봐

글 임원기

팀

우주에 흔적을 남깁시다

'만약 하루하루를 인생의 마지막 날처럼 산다면 언젠가는 틀림없이 성공할 것이다.'

열일곱 살 되던 해, 스티브 잡스는 이 글귀를 읽고 감명을 받았어요. 그 뒤로 지금껏 매일 아침 거울을 보면서 자신에게 이렇게 말했다고 해요. '오늘이 내 인생의 마지막 날이라면 지금 내가 하려던 일을 할 것인가.' 만약 '아니오'라는 대답이 여러 날 계속되면 변화가 필요한 때라는 것을 스스로에게 일깨웠죠.

애플을 나오려고 결심한 날에도, 아내 로렌을 만나는 날에도 이 말을 떠올렸어요. 사업차 중요한 저녁 약속이 잡힌 날, 아내 로렌을 스탠퍼드대학원 특강에서 처음 보게 된 스티브 잡스는 '지금이 인생의 마지막 밤이라면 사업 애기를 할 것인가, 로렌과 보낼 것인가' 고민하다 결단을 내리고 로렌에게 전화를 걸었다고 해요. 우선 순위를 정하거나, 삶이 나태해질 때 스티브 잡스는 늘 이 글귀에 묻고 답했다고 하니 그의 삶의 기준인 셈이에요.

세상을 떠나기 4개월 전인 2011년 6월, 그는 아이클라우드 발표회에 직접 나섰어요. 이미 병이 짙어져서 전신을 물어뜯는 고통이 이어졌지만 기어이 무대에 선 거였죠. 아마 그날 아침에도 거울을 보며 '오늘이 인생의 마지막이라면' 이라는 질문을 했을 거예요.

우리 시대에 스티브 잡스만큼 큰 영향력을 가진 사람이 있을까요? 그는 그저 한 사람의 성공한 사업가나 천재적인 기획자라고만 볼 수가 없어요. 몇 개의 단어 안에 가둘 수 없는 존재가 되었죠. 태어나자마자 입양되어 그다지 유복하지 않은 환경에서 자랐고 대학도 중퇴했지만 그는 지금 많은 사람들에게 희망을 주는 존재가 되었어요.

우리들 손에 컴퓨터를 쥐여준 이도, 〈토이 스토리〉와 〈벅스 라이프〉의 감동을 준 이도, 아이팟이라는 세련된 MP3플레이어를 선물한 이도 스티브 잡스였어요. 쓰러져가던 애플을 부활시킨 이도, 불법 복제가 판을 치던 음악 시장에 활력을 불어넣은 이도 스티브 잡스였죠. 아이폰과 아이패드는 또 어떤가요. 휴대전화로 인터넷을 즐기고 위치 검색을 하는 놀라운 세상을 만들었어요. 무엇보다 이제껏 남이 만든 제품만 사다 썼던 소비자들을, 직접 애플리케이션을 만들고 그로 인해 돈을 버는 생산자로 바꿔놓았어요. 정말 놀라운 스토리 아닌가요?

그에겐 뭐가 있었던 것일까요? 뭐가 달랐던 것일까요? 세 가지로 요약할 수 있어요. 자신이 진정으로 원하는want 것을, 모든 역량을 집중해서concentrate, 끝까지 해냈다는overdo 거예요. 그는 자신이 원하는 것이라면 세상도 원할 것이라고 확신하고 있었어요. 그래서 남과 비교하지도, 남들의 평판에 귀 기울이지도 않았어요. 내면의 목소리를 듣기 위해 조용히 명상을 하고 자신과 대화를 나누었죠.

그의 이런 점은 때로는 다른 사람과 갈등을 일으키기도 했어요. 심하게 상처를 주기도 했죠. 하지만 결국 대부분의 사람들은 스티브 잡스의 진심과 열정을 이해하고 마음을 돌이키곤 했어요. 그의 단점이야말로 대단한 상상력과 새로운 영역을 개척하는 추진력의 원천이라는 것을 알고 있었기 때문이죠.

누구나 자기가 원하는 것을 하고 싶어해요. 하지만 걸림돌이 많죠. 자신이 없을 때도 있고, 뭘 원하는지 헷갈릴 때도 있어요. 이럴 때 진정으로 필요한 것은 무엇일까요? 바로 굳센 용기예요. 꿋꿋하게 자신의 길을 갈 수 있는 용기 말이죠.

"가장 중요한 것은 여러분의 마음과 직감을 따르는 용기를 갖는 것입니다."

스티브 잡스의 이 말을 잊지 마세요. 다른 사람의 말을 귀담아 듣고 의견을 존중하는 것은 매우 중요하고 필요한 일이에요. 하지만 그것 때문에 자신의 주관이 바뀌고 중요한 결정이 번복된다면 자기가 하고 싶은 것을 찾아가기 힘들겠죠.

인생은 누구도 예측할 수 없는 방향으로 흘러가요. 그럴수록 자기 자신을 잘 붙들고 있는 게 중요해요. 그래야 어디로 가든 자신답게 살 수 있을 테니까요.

스티브 잡스 역시 우연히 컴퓨터를 접했죠. 누구나 쉽게 도전

우주에 흔적을 남깁시다

할 수 있는 분야가 아니었어요. 더구나 엔지니어도 경영학 전공자도 아니었죠. 만약 그때 누군가에게 조언을 구했다면 아마도 대부분 "일단 학교 공부부터 마쳐." 혹은 "좋은 직장에 취직할 생각이나 해."라고 했을 거예요. 하지만 그는 자신에게 먼저 물었고, 스스로 내린 결론에 책임을 졌어요.

스티브 잡스는 컴퓨터로 사업을 시작했지만 애니메이션이라는 전혀 뜻밖의 분야에 진출하기도 해요. 휴대전화와 태블릿 PC에도 뛰어들죠. 하지만 어떤 분야에서든 기존 제품들과 완전히 다른 것을 내놓고 새로운 시장을 개척했어요. 누가 뭐라고 하든, 계속 실패를 하든 상관하지 않고 꿋꿋하게 자신의 신념을 지킨 덕분이죠.

스티브 잡스가 우리에게 준 교훈을 한 가지만 꼽으라면 그의 스탠퍼드대학교 연설문에서 찾을 수 있을 거예요. "인생의 시간은 한정돼 있습니다. 그러니 타인의 인생을 살지 마십시오."

그가 다른 IT업계 CEO와 특별히 달라 보인다면 그것은 아마도 '디자인이 중심이다, 디자인이 모든 것을 결정한다'는 그의 철학 때문일 거예요. 그는 휴대전화에 버튼이 많아 불편하고 보기 싫다고 생각했어요. 버튼을 3개 이하로 줄이고 싶었죠. 이건 디자인적인 생각일 수 있어요. 하지만 그 생각 때문에 터치스크린으로 작동하는 아이폰이 나올 수 있었어요. 그의 말대로 디자인이 단순한 겉모양이 아니라 구동 방식을 결정한 거예요. 남들이 IT에서 기술만 볼 때 디자인과 이미지를 볼 수 있었던 유일한 인물이 스티브 잡스였죠. 그에겐 끊임없이 소리치는 자신만의 목소리가 있었기 때문이에요.

우리가 스티브 잡스에게 배워야 할 것은 바로 이거예요. 이걸 배운다면 아마 우리도 이렇게 외칠 수 있을 겁니다.

"우주에 흔적을 남깁시다! 우주를 놀라게 할 제품을 만들어봅시다!"

누구도 상상하지 못했던 놀라운 삶을 살아온 사람, 스티브 잡스. 저와 함께 그의 삶 속으로 들어가 보시지 않겠습니까.

우주에 흔적을 남깁시다

컴퓨터를 좋아하는 외톨이

"만약 어떤 일을 순조롭게 진행했다면
또 다른 멋진 일을 찾아 도전해야 합니다.
그 성공에 너무 오래 안주하면 안 됩니다.
다음에 할 일을 찾아나서야 합니다."

_2006년 NBC 방송국과의 인터뷰에서

고집쟁이 독불장군

"잡스는 엄청난 울보였어요.
경기에 지기라도 하면 분에 못 이겨 울부짖으며 가버리곤 했죠.
어느 누구와도 잘 어울리지 못했어요. 아주 별난 친구였어요."

수영 클럽 친구 마크 워즈니악

이름 없는 아기

스티브 잡스Steven Paul Jobs는 1955년 2월 24일 미국 캘리포니아 주의 항구도시 샌프란시스코에서 태어났어요. 그를 키운 폴 잡스와 클라라 잡스는 친부모가 아니었죠.

잡스를 낳은 친어머니는 미국인 대학생으로, 시리아계 남자를 만나 사랑에 빠졌어요. 그러다 결혼하지 않은 상태에서 임신을 했고, 아이를 혼자 낳아 키워야 할 상황이 됐어요.

"시리아 출신에게 딸을 줄 수 없다"며 부친이 둘의 결혼을 반대했기 때문이었어요. 사회가 훨씬 더 개방된 요즘에도 미혼모에 대해선 편견이 심한데, 잡스가 태어난 1950년대에는 훨씬 더 했어요. 여자 혼자 아이를 키운다는 것이 쉽게 용납되지 않았죠. 그렇다고 불법인 낙태 수술을 할 수는 없었어요. 혹 낙태 수술을 한다고 해도 아이와 산모 모두 목숨을 잃기 쉬운 시절이었어요. 의료 기술이 지금에 비해 한참 뒤떨어져 있었거든요. 결혼하지 않은 여성이 아이를 가지는 것은 이처럼 생명이 위험할 뿐 아니라 자신과 아이 모두의 인생을 망가뜨리는 일이었어요.

잡스의 친어머니는 아이를 직접 기를 수 없다는 생각을 하고 다른 가정에 입양시키기로 했어요. 당시 대학원생이던 잡스의 친어머니는 자신이 직접 아이를 키우지 못하는 대신 부유하고 교육 수준도 높은 집안에 보내기를 원했어요. 그래서 입양 조건으로 양부모가 대학 졸업자여야 한다는 조건을 달았다고 해요. 처음에 잡스를 입양하기로 한 사람들은 변호사 부부였어요. 잡스의 친어머니가 원하는 조건에 딱 맞았죠. 그런데 이 부부가 마지막 순간에 아들 대신 딸을 원하는 바람에 입양이 무산됐어요.

결국 폴과 클라라 잡스 부부에게 입양할 기회가 왔어요. 두 사람은 임신할 수 없는 처지였어요. 하지만 아이를 간절히 원했죠. 문제는 그들이 대학 졸업자가 아니라는 거였어요. 폴은 고등학교도 나오지 않았고 클라라도 대학을 다닌 적이 없었다고 해요. 형편도 그다지 좋지 않았죠. 잡스의 친어머니는 고민을 했지만 두

컴퓨터를 좋아하는 외톨이

사람이 아이를 진정으로 원하고 아이의 미래에 관심이 많다는 것을 알고 마음이 움직였어요. 결국 잡스를 대학에 꼭 보낸다는 약속을 받고서야 입양을 허락했답니다.

폴과 클라라 부부는 이제껏 이름도 없었던 이 아이에게 스티브 폴 잡스라는 이름을 붙여줬어요. 아이를 원하던 그들이 가슴으로 낳은 아이였죠. 잡스는 비록 친부모에겐 버림받았지만 누구보다 자신을 사랑하는 양부모를 만났어요. 잡스가 훗날 그처럼 방황하고 말썽을 피우면서도 끝까지 자신이 가는 길에 대해 확신을 가질 수 있었던 것은 양부모님의 사랑 때문이었다고 해요.

양부모가 아니라 부모님입니다

잡스가 폴과 클라라를 양부모로 만난 것은 행운이었어요. 폴과 클라라 부부는 공부를 많이 한 사람들은 아니었어요. 사회적으로 지도층도 아니었죠. 부유하지도 못했어요. 하지만 아이가 뭘 원하는지, 아이의 재능이 어디에 있는지 알고 관심을 갖고 이를 진심으로 지지해주는 사람들이었어요. 사회적으로 훌륭한 조건을 갖춘 그 어떤 부모보다 좋은 부모였던 거죠.

폴과 클라라 부부는 어린 잡스가 매우 총명하다는 것을 직감으로 알았어요. 하지만 과도한 욕심을 부리지 않았죠. 아이가 자유롭게 자신의 뜻을 펼칠 수 있게 도와주는 데 전력을 다했어요.

이런 부모의 슬하에서 잡스는 어떻게 컸을까요? 친부모가 키워야 꼭 행복한 건 아닌 것 같아요. 그렇지 않은 경우도 주위에 많으니까요. 마찬가지로 양부모 밑에서 자란다고 꼭 불행한 것은 아니지요.

러시아의 대문호 톨스토이는 《사람은 무엇으로 사는가》에서 이렇게 썼어요. '사람은 부모가 아니라 부모의 사랑으로 자란다. 때문에 누구라도 친부모와 같은 사랑을 주는 존재가 있다면 그 사랑으로 성장할 수 있다.' 잡스에겐 이 말이 꼭 들어맞는 경우였어요.

이런 사랑을 받았기 때문일까요. 사람들이 폴과 클라라 부부를 양부모라고 부르면 잡스는 늘 이렇게 분명하게 말했어요.

"그분들은 양부모가 아니라 저의 부모님입니다."

늘 우는 소리를 하는 외톨이

잡스는 세 살 때부터 말썽꾸러기 기질을 드러냈어요. 흔히 말하는 과잉활동이었어요. 새벽 4시부터 일어나 부모를 괴롭혔죠. 호기심이 지나쳐서 위험천만한 일도 많았어요. 집 안 구석에 놓아둔 바퀴벌레 약을 친구와 함께 들이마셔 응급실에 실려간 적도 있었어요. 전기 소켓에 금속 머리핀을 쑤셔 넣어 화상을 입기도

컴퓨터를 좋아하는 외톨이

했죠.

잡스는 어린 시절부터 무척 총명했어요. 하지만 많은 친구들과 어울려 놀기보다 혼자 지내는 시간을 훨씬 좋아했던 것 같아요. 혼자 세발자전거를 타거나, 건강이 나빠질 정도로 하루 종일 TV 앞에 붙어 살기도 했지요.

당시에는 수영이 붐이어서 잡스의 가족도 수영을 자주 했어요. 잡스는 학교 수영 클럽의 선수이기도 했어요. 수영을 좋아한데다가 승부욕도 강했기 때문이에요. 하지만 혼자 있길 좋아하는 성격 때문에 친구들에게 괴롭힘을 당하거나 놀림을 당하기 일쑤였어요. 당시 같은 수영 클럽에 있었던 마크 워즈니악은 잡스를 회상하며 "늘 우는 소리를 하는 외톨이였다"고 기억한답니다.

"잡스는 엄청난 울보였어요. 경기에 지기라도 하면 분에 못 이겨 울부짖으며 가버리곤 했죠. 어느 누구와도 잘 어울리지 못했어요. 아주 별난 친구였어요."

천하의 말썽꾸러기
컴퓨터에 눈뜨다

"저 또한 부품 키트를 사다가 힘들게 전자제품을 조립했어요.

이렇게 하다 보면 내부가 어떻게 구성되고 어떻게 작동하는지 꿰뚫게 되죠.

TV를 보면서도 '한번 만들어볼까?' 이렇게요.

어린 시절에 이런 경험을 할 수 있었던 것은 제게 큰 행운이었습니다."

잡스의 어린 시절

학교는 따분하지만 수학은 재밌어

열 살이 되면서 잡스는 본격적으로 전자기기에 관심을 보이기 시작했어요. 때마침 샌프란시스코 남부의 마운틴뷰Mountain View 로 이사하면서 잡스의 이런 관심과 열정이 꽃을 피울 수 있었죠. 지금도 이곳은 세계적인 정보기술IT 업체들이 모두 모여 있는 지역이에요. 그 당시에도 휴렛팩커드HP(Hewlett-Packard Co.)를 비롯한 전자 회사 직원들이 거주하는 지역이었죠. 전자 회사에 다니는 엔지니어 아저씨들을 만나는 게 아주 쉬운 동네였던 거예요.

잡스는 동네 차고에서 엔지니어 아저씨들과 노는 것을 아주 좋

컴퓨터를 좋아하는 외톨이

아했어요. 자연히 학교생활이 재미없었죠. 잡스에게 학교는 따분하기 그지없는 곳이었어요.

초등학교 시절 잡스는 결코 모범적인 학생이 아니었어요. 품행이 불량하고 선생님에게 대들기 일쑤였죠. 스스로 시간 낭비라고 생각하는 숙제에는 손도 대지 않았어요. 잡스가 여러 차례 정학을 당한 것도 무리가 아니었죠. 잡스는 언젠가 자신의 학창 시절을 이렇게 돌이켰어요.

"학교생활이 너무 따분했다. 나는 학교에서 다루기 힘든 골칫거리였다."

한번은 교실에서 폭발물을 터뜨리기도 했고, 장난으로 뱀을 풀어놓기도 했어요. 정말 못 말리는 아이였죠. 아마 잡스가 계속 그런 말썽을 피웠다면 정상적인 학교생활도 힘들었을 테고 지금의 그가 되기도 어려웠을 거예요. 어린 시절에 꼭 익혀야 하는 기본적인 지식과 소양을 단단히 해두지 않으면 미래에 자신이 정작하고 싶은 일을 할 때 지식이 부족해 곤란을 겪을 수도 있거든요.

다행히 4학년 때 잡스에게 좋은 선생님이 나타났어요. 담임인 이모진 테디 힐 선생님이었죠. 테디 힐 선생님은 잡스를 다룰 줄 아는 거의 유일한 어른이었어요. 테디 힐 선생님은 잡스가 또래에 비해 매우 영리하다는 것을 알아챘어요. 그래서 친구들과 잘 어울리기 힘들다는 것도 간파했죠. 테디 힐 선생님은 잡스의 흥미를 끌기 위해 상급 과정의 수학 문제를 풀게 했어요.

"잡스, 이 수학 문제를 다 풀면 5달러를 상으로 주마."

그 당시 5달러면, 잡스 같은 어린 학생에겐 정말 큰돈이었어요. 이 작전은 효과가 있었어요. 잡스 안에 있던 배움에 대한 열정이 드러나기 시작한 거예요. 잡스가 테디 힐 선생님의 말에 고분고분 따르면서 공부를 하게 되는 데는 한 달이 채 걸리지 않았어요.

"만약 테디 힐 선생님이 다잡아주시지 않았다면 저는 분명 커서 감옥을 제 집 드나들듯이 드나드는 사람이 됐을 겁니다. 선생님은 제 삶의 성자들 가운데 한 분이었습니다."

내가 다니고 싶은 학교는 따로 있다고요

테디 힐 선생님의 가르침과 보살핌 덕택에 잡스는 마음을 다잡고 공부할 수 있었어요. 테디 힐 선생님은 잡스가 5학년을 건너뛰고 바로 중학교에 입학하기를 원했죠. 그 바람대로 잡스는 한 학년을 건너뛰어 곧장 크리튼던중학교에 진학했어요.

하지만 크리튼던중학교는 별로 좋지 않았어요. 마운틴뷰에서도 빈민 지역에 있었기 때문이에요. 학교 분위기 자체가 험악한 데다 걸핏하면 학생들이 패싸움을 벌여 경찰이 출동하곤 했죠. 크리튼던의 불량 학생들에 비하면 잡스는 얌전한 축에 들 정도였

컴퓨터를 좋아하는 외톨이

어요.

잡스는 이 학교에 적응하는 데 어려움을 겪었어요. 수학적 재능과 과학적 호기심을 나눌 친구도 없었고, 자신을 인정해주는 선생님도 없었죠. 자연히 학교생활은 등한시하고 독서를 하거나 자신만의 시간을 갖는 데 더 주력했어요. 6학년🍎을 마친 후 스티브 잡스의 성적표에는 다음과 같은 평가가 적혀 있었다고 해요.

'잡스는 독서에 너무나 많은 시간을 쓰고 있다. 학교 공부에 의욕이 없고, 목적 의식도 없다. 때로는 규율에 어긋나는 행동을 하기도 한다.'

모든 것을 스펀지처럼 흡수하는 어린 시절일수록 주변 환경은 매우 중요해요. 자유분방한 성향과 빼어난 지능을 가진 잡스에게 불량배들이 많은 크리튼던중학교는 매우 열악한 환경이었죠. 첫 1년 동안 외로운 생활을 한 잡스는 결국 아버지에게 전학하겠다는 결심을 전하게 되었어요.

"아버지, 더 이상 이 학교를 다닐 수가 없어요."

"잡스, 이사 온 지 얼마나 됐다고 또 이사를 가니? 나도 일을 새로 시작한 지 얼마 안 돼 멀리 가기가 쉽지 않단다."

"아버지, 저는 비행 청소년들과 어울리다가 인생을 망치고 싶

🍎 6학년: 미국의 학제는 주마다 다르지만 8-4, 6-3-3이 일반적이다. 미국식 6학년은 우리나라 기준으로 중학교 1학년에 해당된다.

지 않아요."

폴과 클라라는 아들 문제 때문에 잠을 이룰 수가 없었어요. 아들의 인생이 걸린 문제였기 때문이죠.

"여보, 아무래도 안 되겠어요. 잡스가 엇나가지 않게 하려면 학교를 옮기는 게 좋을 것 같아요. 동생 패티를 생각해서라도 그게 낫겠어요."

아들을 안쓰럽게 생각하던 클라라가 먼저 마음을 바꿨죠. 얼마 후 그의 가족은 잡스의 전학을 위해 팰러앨토와 쿠퍼티노 인근의 로스앨터스Los Altos 지역으로 이사를 갔어요.

이처럼 잡스는 어릴 때부터 자신의 생각이 분명했고 그것을 강하게 밀어붙여 관철시켰어요. 상황에 맞추기 위해 자신의 의견을 바꾸거나 하지 않았죠. 물론 여기에는 어린 잡스의 의견을 존중한 부모님의 역할도 컸어요.

당시 잡스는 분위기가 좋지 않은 학교에 다닐 경우 자신도 잘못될 수 있다는 것을 우려했어요. 이 문제를 해결하기 위해선 학교를 바꿔야 한다고 생각한 거예요.

잡스는 어떤 문제든 항상 핵심을 파악하려고 노력했고 그 핵심을 해결하는 데 집중했어요. 물론 이것이 항상 좋은 결과를 낳기만 한 것은 아니에요. 때론 주변 사람과 갈등을 일으키기도 하고 오해를 사기도 했죠. 성격이 괴팍하다는 말도 들었고요.

컴퓨터를 좋아하는 외톨이

스티브 잡스는 IT 종사자들에겐 천혜의 환경이었던 샌프란시스코의
마운틴뷰 인근에서 나고 자랐다. 화살표는 학창 시절 스티브 잡스의
거주지 이동 경로. 대학은 오리건 주의 리드칼리지를 택했다.

하지만 중요한 시기일수록 잡스의 이런 성격과 문제 해결 방식은 빛을 발했어요. 그 어떤 방해나 장애물에도 지지 않았을 뿐 아니라 문제의 본질을 바로 파고들어 해결책을 내놨기 때문이에요.

차고에서 전자기기를 조립하면서 보냈어

새로 이주한 로스앨터스 지역은 학교도 예전보다 좋았지만, 이외에도 더 큰 장점이 있었어요. 바로 엔지니어들이 많이 모여서 사는 곳이란 점이었죠. 기계 기술자인 아버지가 하루 종일 자동차를 수리하는 걸 보면서도 기계보다는 전자기기에 훨씬 관심을 가졌던 잡스에게는 최고의 환경이었어요.

그 지역에는 항공 군수 업체인 록히드사 Lockheed Co.가 자리 잡고 있었어요. 당시 우주 개발에 열을 올렸던 나사 NASA에 핵심 기술과 주요 부품을 공급하던 성장 가능성 높은 회사였죠. 록히드라는 큰 회사가 있었기 때문에 이 지역에는 우주선을 만드는데 필요한 부품을 제조하는 전자 회사들이 많았어요. 전자 부품의 핵심이라고 할 수 있는 트랜지스터의 개발과 트랜지스터 수백개를 하나의 칩에 넣은 집적회로 IC의 개발이 시작된 곳도 이곳이었죠.

이런 지역적 특성 때문에 잡스의 집 근처에는 차고마다 중고

컴퓨터를 좋아하는 외톨이

전자 부품들이나 쓰다 버린 전자기기들이 여기저기 널려 있었어요. 잡스는 천혜의 환경이 갖춰진 이곳으로 이사 오면서 일찍부터 자신의 관심사를 찾을 수 있었죠.

험악한 마운틴뷰에서 고독하고 쓸쓸하게 생활했던 것을 생각하면 로스앨터스는 천국이나 마찬가지였어요. 잡스는 방과 후 곧장 이웃집의 차고로 달려가 여기저기 뒹굴고 있는 부품들이나 못 쓰게 된 장치들을 분해하는 데 하루를 보내곤 했어요.

"이웃에 엔지니어 래리 랭Larry Lang이 살고 있었어요. 그는 부품을 사다가 전자제품을 만드는 데 천부적인 재능이 있었죠. 저 또한 부품 키트를 사다가 설명서를 보면서 힘들게 전자제품을 조립했어요. 이렇게 하다 보면 내부가 어떻게 구성되고 어떻게 작동하는지 꿰뚫게 되죠. 무엇보다 다른 전자제품도 이런 시각으로 바라보게 된다는 것이에요. TV를 보면서도 '한번 만들어볼까?' 이렇게요. 어린 시절에 이런 경험을 할 수 있었던 것은 제게 큰 행운이었습니다."

1995년 한 인터뷰에서 잡스는 이렇게 말했어요. '맹모삼천지교'라는 말은 동양뿐 아니라 세계 어디에서도 마찬가지인 듯해요. 무엇을 보고, 어떻게 노는가가 모두 이 환경에서 나오니까요. 결국 전자기기에 몰입한 쿠퍼티노중학교 시절, 잡스는 과학경진대회에 참가하여 자신의 실력을 입증하기도 해요. 실리콘으로 전

스티브 잡스를 꿈꿔 봐

기의 교류를 조절하는 정류기를 만들어 출품하거든요. 어린 시절의 이런 경험은 잡스의 자신감에 큰 주춧돌이 된답니다.

이곳 쿠퍼티노의 중학교에서 잡스는 빌 페르난데스를 만나게 돼요. 잡스의 인생에서 아주 중요한 친구죠. 이 친구 덕에 애플을 공동 창업한 스티브 워즈니악Steve Wozniak을 만나게 됐으니 말이에요.

잡스는 항상 자기와 비슷한 성향의 친구들을 만나곤 했는데, 페르난데스 역시 그랬어요. 페르난데스도 잡스처럼 또래 아이들과 잘 어울리지 못했고 운동과는 담을 쌓고 지냈죠. 둘 다 깡마르고 뼈만 앙상한데다 항상 구석에 처박혀 자기 일에만 몰두하는 스타일이었어요. 전자기기에 대한 관심과 집중력이 대단한 것도 공통점이었고요. 이렇게 관심사가 같은 친구를 사귀면 서로 자극을 주고받게 된답니다. 단순히 옆에 앉았거나 사는 곳이 비슷해서 사귄 친구와는 금세 한계를 맞게 되죠. 그런 친구는 이사를 가거나 학교가 달라지면 금세 멀어지게 돼요. 하지만 관심사가 같은 친구끼리는 평생을 갈 수도 있답니다.

어느 날 잡스는 남의 집 허름한 창고에서 주파수측정기●를 만드는 데 몰두하고 있었어요. 그런데 하나씩 끼워 맞추다 보니 중

요한 부품이 하나 없는 거예요. 대개 그런 상황이면 거기서 중단하고 다른 부품을 찾게 될 텐데 잡스는 전화번호부를 뒤져 어딘가에 전화를 걸었죠.

"안녕하세요? 저는 스티브 잡스라고 합니다. 지금 주파수측정기를 만들고 있는데 부품이 부족해요. 이 분야에서 최고의 회사라고 들었어요. 저에게 도움을 주실 수 있겠죠?"

당시 잡스가 통화를 했던 사람은 오늘날 세계 최대 컴퓨터 제조업체인 휴렛팩커드의 창업자이자 대표이사인 윌리엄 휴렛William Hewlett이었어요. 고작 중학생이 대기업 휴렛팩커드의 사장에게 직접 전화를 한 거죠. 아마 대부분의 학생들은 전화할 엄두를 못 내거나 전화를 건다고 해도 홍보 담당자에게 했을 거예요. 하지만 잡스는 누구와 전화 통화를 해야 일이 가장 빨리 해결되는지 알고 있었어요. 잡스의 특징은 돌아가지 않는다는 거예요. 열세 살짜리 이 소년은 최첨단 전자 회사의 사장과 20분이 넘게 통화하며 설득을 했고 결국 자기가 원하는 것을 얻을 수 있었어요.

"좋다. 필요한 부품은 얼마든지 보내주마."

휴렛은 이 맹랑한 소년의 배짱이 마음에 들었어요. 한편으로는 이 소년에게 다른 기회를 주고 싶기도 했죠.

"잡스라고 했지? 우리 회사에 나와서 한번 일해보지 않을래?"

뜻밖의 제안이었지만 잡스가 마다할 이유는 없었죠. 그해 여름

스티브 잡스를 꿈꿔 봐

동안 잡스는 휴렛팩커드의 조립 라인에서 아르바이트를 했어요. 잡스가 그토록 관심을 가지고 있었던 주파수측정기 조립 라인이었죠. 조립이라고 해봐야 나사 박는 정도였지만 잡스는 정말 행복했어요. 자기가 하고 싶었던 일을 직접 얻어냈기 때문이에요.

컴퓨터 천재, 워즈니악과 만나다

잡스는 빌 페르난데스와 가깝게 지내면서 페르난데스가 자기 말고 또 다른 괴짜 형과 친하게 지낸다는 것을 알게 됐어요. 동갑내기인 잡스와 페르난데스보다 다섯 살 많은 이 형은 페르난데스의 집 건너편에 살고 있었죠. 이 형의 이름은 스티브 워즈니악. 아버지 제리 워즈니악은 록히드에 다니는 엔지니어였죠.

스티브 워즈니악은 자신이 좋아하는 분야에는 몰두하지만 다른 건 전부 따분해하는 전형적인 천재 캐릭터였어요. 그의 유일한 꿈은 직접 컴퓨터를 만드는 거였죠. 지금은 누구나 컴퓨터를 살 수 있지만 그 당시엔 연구소나 기관이 데이터베이스 처리용으로 갖고 있는 게 전부였어요. 워즈니악은 이런 컴퓨터를 자기가 직접 만들고 싶어한 청년이었어요. 잡스 못지않게 당찬 꿈을 갖고 있었던 거죠.

때마침 신기술의 발달로 작고 저렴한 컴퓨터를 만들고자 하는

컴퓨터를 좋아하는 외톨이

움직임이 일고 있었고 당시 콜로라도대학 신입생이었던 워즈니악도 이런 동향을 잘 알았어요. 그래서 대부분의 시간을 회로기판*을 설계하는 데 보냈어요. 그 덕에 콜로라도대학뿐 아니라 동네 아이들 사이에서도 워즈니악은 '신기한 전자기기를 다룰 줄 아는 사람', '최고의 기술자' 등으로 통했어요. 빌 페르난데스는 이런 워즈니악을 우상으로 생각했지요.

워즈니악은 장난기가 심한 것으로도 유명했어요. 한번은 미국 대통령 선거일에 맞춰 교내 컴퓨터에 욕설이 담긴 메시지를 올렸다가 발각된 적도 있었어요. 결국 그 때문에 대학에서 퇴학을 당하고 말았죠. 워즈니악은 이렇게 대학 1학년만 겨우 마쳤어요.

어느 날 페르난데스가 잡스를 찾아왔어요.

"잡스, 너 워즈니악 형 알아? 이름이 너랑 같아. 스티브 워즈니악. 이 동네에선 아주 유명한 형인데, 한번 만나볼래? 요즘 우리 집 차고에서 컴퓨터를 만들고 있거든."

잡스는 페르난데스를 따라 그 집 차고로 갔어요. 어두컴컴한 차고 한구석에서 먼지를 뒤집어쓰고 있던 털북숭이 청년이 고개를 들었어요. 스티브 워즈니악이었죠.

잡스는 워즈니악을 처음 본 순간부터 주눅이 들었어요. 그가

일하고 있는 모습을 보면서 범상치 않은 인물임을 느꼈죠. 그와 대화를 나누면서는 더욱 놀랐어요. 잡스는 그때까지 자신이 전자 기기에 대해서라면 제일 잘 안다고 자부하고 있었거든요.

"워즈니악은 전자기기에 대해 나보다 더 잘 아는 첫 번째 사람이었습니다."

잡스 인생에서 가장 중요한 사람을 만나는 장면치고는 의외로 밋밋하죠? 잡스와 워즈니악은 다섯 살 차이에 학교도 달랐지만 '컴퓨터에 대한 관심'이 통했기 때문에 만날 수 있었어요. 자신이 좋아하는 것을 좇다 보면 그 분야의 수재를 만날 수 있고, 그런 만남은 종종 사람들을 이전의 세계와는 전혀 다른 차원으로 이끌어주죠.

잡스는 워즈니악 덕에 자아도취에서 깨어났어요. 워즈니악은 이미 정교한 컴퓨터 회로도를 직접 설계할 수 있었어요. 최신 자료를 찾기 위해 스탠퍼드대학교의 선형가속기센터 도서관을 들락거리기도 했죠. 워즈니악이 보기에 잡스는 아직 풋내기에 불과했어요. 하지만 잡스는 워즈니악을 만나고 강한 인상을 받았죠.

잡스는 워즈니악과 만나면서 자신의 전자공학 지식이 얼마나 부족한지 알게 됐어요. 열의에 비해 실력이 형편없다는 것을 깨달은 거죠. 그래서 잡스는 고등학교에 진학하자마자 제일 먼저 전자공학 강좌를 신청했어요. 그 당시엔 전자공학 분야의 강의를

컴퓨터를 좋아하는 외톨이

들는 것 자체가 청소년들 사이에서 아주 선망받는 일이기도 했어요. 잡스는 이왕 할 거면 제대로 하고 싶었죠. 잡스는 와이어헤드 Wirehead 가 됐어요.

잡스와 워즈니악은 실리콘밸리의 젊은 기술자들과 어울리면서 최신 트렌드를 접하고 컴퓨터 제품에 대해 토론했어요. 워즈니악이나 잡스 모두 여자친구를 만나는 일에는 도통 관심이 없었죠.

잡스는 워즈니악과 함께 지내면서 컴퓨터에 대해 빠르게 배워 갔어요. 컴퓨터에 대한 나름의 기준이나 주관도 갖게 됐죠. 어느 날 와이어헤드 모임에서 누군가 워즈니악에게 휴렛팩커드의 9100A라는 소형 컴퓨터를 보여줬어요. 말이 소형이지 지금의 데스크톱보다 훨씬 큰 컴퓨터였죠.

"굉장한데! 이게 어떻게 가능하지?"

워즈니악은 이 컴퓨터를 보자마자 엄청난 호기심과 함께 굉장한 도전 의식을 느꼈어요. 휴렛팩커드에서 개발한 이 컴퓨터에 숫자를 입력하면 바로 결과가 계산돼 나왔거든요. 지금 보면 너무나 시시하지만 당시엔 놀라운 기기였지요. 워즈니악은 그 자리에서 바로 컴퓨터를 해체한 뒤 고민을 거듭하더니 그와 비슷한 기기를 만들어 주위를 다시 한 번 놀라게 했지요.

 와이어헤드(Wirehead): 실리콘밸리 전자공학 클럽의 고등학생 회원을 일컫는 말. '전자공학에 빠진 아이들'이란 뜻으로 쓰였다.

스티브 잡스보다 다섯 살 많은 스티브 워즈니악은
휴렉팻커드의 엔지니어 출신으로 자신이 좋아하는 분야에만 몰두하는
전형적인 천재 캐릭터였다.

컴퓨터를 좋아하는 외톨이

나를
찾고 싶어

잡스는 실행가였어요. 방황도 머릿속으로만, 집에서만, 술자리에서만 하는
타입이 아니었죠. 새로운 경험이라면 마다않고 기꺼이 해보는 것,
이런 습관은 나중에 회사를 경영할 때도 이어진답니다. 새로운 전자제품이
나오면 하루 종일 갖고 놀면서 장단점을 완전히 파악해버렸죠.
대학 시절의 잡스

히피가 되어 자신을 찾아 나서다

잡스는 아주 어릴 때부터 자신이 입양됐다는 사실을 알고 있었
어요. 하지만 '입양'이 무엇인지 정확한 의미는 알지 못했죠. 잡스
가 입양 사실을 심각하게 받아들인 건 일곱 살 무렵이었어요.

생전에 스티브 잡스를 40번 넘게 인터뷰한 월터 아이작슨의
《스티브 잡스》에 따르면 잡스는 일곱 살 때 집 현관 앞 잔디밭에
앉아 길 건너편에 살던 여자아이가 했던 말에 충격을 받았어요.

"그러니까 너의 진짜 부모님은 널 원하지 않았던 거지?"

여자아이가 이렇게 묻는 순간 잡스는 머리에 번개가 내리치는

것 같았어요. 울면서 집으로 뛰어 들어갔고, 부모님의 간곡한 설명이 이어졌죠.

"진짜 부모님이 나를 버린 건가요?"

"아니야, 그게 아니란다."

"지금도 나를 찾고 있지 않잖아요."

"우리가 너를 특별히 선택한 거란다. 잡스, 너는 우리가 너무나 간절히 원하던 아이였어. 직접 낳지는 않았지만 신이 우리에게 주신 선물이라고 생각하며 너를 키웠단다."

잡스의 양부모님은 단어 한 마디 한 마디에 힘을 줘가며 천천히 반복해서 말했어요. 잡스는 양부모님의 진심 어린 노력으로 차츰 마음의 안정을 되찾아갔죠. 하지만 마음 깊숙한 곳에 '버림받았다'는 상처가 자리를 잡았어요. 학교에서는 외톨이가 되기 일쑤였고, 사춘기에는 정도가 더욱 심해졌죠.

'나를 낳아준 부모님들은 대체 누구지? 나는 버려진 건가? 그분들은 왜 낳기만 하고 키우지 않았을까? 나는 누구지? 앞으로 어떻게, 무슨 일을 하며 살아가지?'

잡스는 정체성의 혼란에 빠졌어요. 주어진 공부만 하기에도 힘든 나이에 잡스에게는 보다 철학적이고 근본적인 질문이 하나 더 얹어졌던 셈이지요.

결국 친부모가 누구인가에 대한 의문은 잡스가 성인이 된 이후

컴퓨터를 좋아하는 외톨이

에야 풀리게 되죠. 친어머니 조앤 심슨은 잡스의 친여동생 모나 심슨(소설가)을 낳아, 잡스가 서른 살 되던 해에는 잡스와 모나 심슨이 서로 만나게 되니까요. 친아버지 잔달리는 말년에 잡스와 이메일을 주고받지만 서로 만나지는 못했죠.

잡스가 방황하고 있던 그 당시 미국 사회도 큰 변화를 겪고 있었어요. 1970년대의 미국은 거리마다 히피들로 넘쳐났어요. 게다가 샌프란시스코는 개혁과 진보를 상징하는 곳으로 젊은 히피 문화의 근원지이기도 했어요. 지금도 샌프란시스코, 특히 캘리포니아주립대학교 버클리캠퍼스는 미국에서 히피 문화가 가장 많이 남아 있는 곳이에요.

잡스는 그들의 독특한 차림새와 자유분방한 문화에 빠져들었어요. 정신적인 방황 속에서 뚜렷한 답을 찾지 못하다가 히피 문화에 매료되었던 거죠. 그는 계속 친부모를 찾았지만 별 진척이 없었고, 불확실한 자아와 미래에 대해 고민하면서 어떤 권위나 구속도 거부하는 히피 문화를 받아들였어요. 잡스는 머리를 어깨까지 치렁치렁하게 기르고 수염도 깎지 않고 잘 씻지도 않았어요. 학교 대신 '테크놀로지 히피'들이 모여드는 곳에 가기도 했어요. 그 자신이 바로 히피였지요.

전자 부품에만 빠져 있던 그가 셰익스피어의 작품을 읽고 문학에도 심취하게 되었죠. 〈모비딕〉을 읽고, 딜런 토머스의 시에도 빠

스티브 잡스를 꿈꿔 봐

져들었어요.

살면서 누구나 한 번쯤은 주변 상황이 의문으로 가득 찰 때가 오게 돼요. 이때 전 생애에 걸친 성찰을 쏟아 부어 만든 고전 문필가들의 책을 읽게 되면 어렴풋하게 답을 얻는 순간이 오죠. 잡스도 이렇게 고전에 빠져들게 된답니다.

히피 문화에 심취해 있던 시절, 잡스는 크리스 앤 브래넌이라는 여자친구를 만나게 돼요. 그녀는 혼자서 꿋꿋하게 애니메이션 영화를 만들 만큼 당차고 독립적인 소녀였죠. 평범한 것을 싫어하고 기존의 권위를 부정하는 그녀에게 잡스는 마음이 끌렸어요.

둘은 당시 어른들이 금기시하던 행동을 하기도 하면서 질풍노도의 시기를 보냈어요. 하지만 이런 생활 가운데서도 잡스는 자신의 청소년기를 사로잡았던 질문을 계속 하고 있었어요.

'나는 누구인가? 나는 앞으로 어떤 삶을 살아야 하는가?'

첫 사업, 블루박스로 돈을 벌게 됐어

잡스가 고등학교에 다니던 열여섯 살 무렵이었어요. 당시 컴퓨터 마니아들 사이에선 미국전신전화회사AT&T에 특정 주파수를 보내 공짜 전화를 거는 것이 유행이었어요. 장거리 전화를 공짜로 걸 수 있게 하는 이런 장치를 블루박스blue box라고 불렀죠.

컴퓨터를 좋아하는 외톨이

컴퓨터 마니아들에게 블루박스를 만드는 것은 하나의 지적 훈련이자 도전이었어요. 인터넷이 확산되던 시기에 해킹이 유행처럼 번졌던 것과 유사하죠.

블루박스를 기술적으로 파악하고 가능성을 먼저 알아본 사람은 워즈니악이었어요. 워즈니악은 블루박스가 전자장치라는 점에서 도전 의식을 느꼈죠. 워즈니악은 당시 홈스테드고등학교 2학년인 잡스에게 전화를 걸어 블루박스에 대해 설명했어요. 그때부터 두 사람은 힘을 합쳐 블루박스를 만들기 시작했어요.

잡스는 자료를 찾기 위해 스탠퍼드대학교 선형가속기센터에도 갔어요. 도서관의 서가를 샅샅이 뒤졌죠. 블루박스 개발에 필요한 단서를 알려줄 책을 찾기 위해서였어요.

4개월여 만에 드디어 잡스와 워즈니악이 블루박스를 만들어냈어요. 기념으로 잡스와 워즈니악은 로스앤젤레스에 있는 워즈니악의 할머니에게 첫 공짜 전화를 걸었죠. 워즈니악은 자신이 블루박스를 만들어냈다는 것에 대해 자부심이 컸어요. 기술적인 성공 자체에서 의미를 찾았죠.

하지만 잡스는 달랐어요. 그는 이것을 이용해 돈을 벌거나 혹은 뭔가 다른 일을 할 수 있을 거라고 생각했어요. 잡스의 사업가적인 마인드가 처음으로 꿈틀거린 거죠. 잡스와 워즈니악 둘 다 세상을 놀라게 할 만한 물건을 만들고 싶어했어요. 그런데 그 이

스티브 잡스를 꿈꿔 봐

후가 달랐죠. 워즈니악은 그 자체로 만족했지만 잡스는 그것을 확장할 궁리를 한 거예요. 잡스는 자신들이 만든 블루박스를 친구들에게 보여줬어요. 친구들의 부러움 속에 그들은 금방 유명 인사가 됐죠.

주저하는 워즈니악을 설득해 잡스는 블루박스를 대량생산해 팔기로 했어요. 부품 값이 만만치 않았지만 값을 흥정해서 싸게 산 뒤 원가 40달러짜리 블루박스를 대당 150달러에 팔기로 했어요.

블루박스를 팔아 잡스와 워즈니악은 6000달러를 벌었어요. 학생이던 두 사람에게는 큰돈이었어요. 재미로 시작한 블루박스 사업은 꽤 성공적이었지만 상황이 곧 달라졌어요. 전화 회사에서 알아차린 거죠. 공짜로 전화를 거는 기계가 대량으로 유통되고 있다는 소식을 들은 전화 회사에서는 불법 제작자들을 잡아들이기 시작했어요.

피자 가게 주차장에서 불법으로 블루박스를 팔고 있던 어느 날, 잡스는 누군가 자기 등에 총을 겨누고 있다는 걸 느꼈어요. 블루박스를 돈이 되는 거창한 물건으로 안 동네 부랑자가 물건을 빼앗기 위해 잡스를 위협한 거죠. 생명에 위협을 느껴 결국 블루박스를 그냥 두고 도망쳤어요. 그 뒤로 잡스는 블루박스에서 손을 떼기로 결정했어요.

컴퓨터를 좋아하는 외톨이

더 이상 불법적인 일에 정열을 뺏기고 싶지 않았던 거예요. 대신 더 떳떳하면서도 세상을 놀라게 할 무언가를 찾고 싶었죠. 자신의 마음이 향하는 컴퓨터 쪽에서 뭔가 해답이 나올 것 같았어요. 하지만 고교생인 당시로서는 아무것도 할 수 없었어요. 답을 찾지 못한 상황에서 고민 끝에 대학에 가기로 결심해요. 일단 대학에 가서 부족한 것을 찾고 싶었죠.

대학은 내가 있을 곳이 아니야

대학 진학을 두고도 잡스는 자신의 개성과 고집을 관철시켰어요.

"아버지, 제가 가고 싶은 대학을 정했어요."

"어디니? 주립대가 좋겠지? 버클리는 어떠니?"

그 무렵에도 폴과 클라라 부부의 경제 사정은 그리 좋지 않았어요. 그래서 잡스가 등록금이 상대적으로 싼 주립대에 가기를 은근히 바랐죠. 하지만 잡스의 생각은 전혀 달랐어요.

"거창한 계단식 강의실이 있는 학교요? 버클리는 학위 공장 같아요. 좋은 학교인 건 맞지만 제가 다닐 학교는 아닌 것 같아요."

"그럼 스탠퍼드대학교는? 네가 자주 가보지 않았니?"

"거긴 지나치게 근엄하고 외부에 배타적이에요. 싫어요."

"그럼 도대체 어디니?"

"저는 리드칼리지Reed College에 다닐 겁니다."

"거긴 학비가 엄청난 곳이야. 아마 미국을 통틀어서도 가장 비쌀걸. 집에서도 멀어서 우리와 떨어져 지내야 하잖아."

"리드칼리지가 아니면 싫어요. 다른 데는 가지 않을 겁니다."

결국 부모님은 두 손 들었죠. 돈을 구해서 잡스를 리드칼리지 물리학과로 보냈어요. 이때부터 잡스는 부모님과 떨어져서 독립된 생활을 하기 시작했어요.

리드칼리지는 미국 서부 캘리포니아 주 북쪽에 위치한 오리건 주의 포틀랜드 시에 자리하고 있었어요. 그 지역 최고의 인문대학이었죠.

잡스가 이 대학을 고른 이유는 좋아하는 물리학을 공부하면서도 당시 자기 마음속을 꽉 채우고 있던 철학이라든가 문학 같은 다른 인문학을 접해보고 싶었기 때문이에요.

하지만 잡스는 곧 실망하고 말았어요. 획일적인 대학 공부에 싫증이 난 거죠. 당연히 첫 학기 성적이 형편없었고, 잡스는 곧장 학업을 포기하고 말았어요. 진득하게 학교를 다니면서 어려운 과정을 공부할 필요성을 별로 느끼지 못했거든요. 왜냐하면 그 공부가 '나는 누구인가', '무엇을 하고 어떻게 살 것인가' 하는 잡스 평생의 두 가지 질문에 답해주지 못한다고 판단했기 때문이에요.

잡스는 나중에 스탠퍼드대학교에서 연설을 할 때 이 시기를 이

컴퓨터를 좋아하는 외톨이

렇게 설명했어요.

"입학 후 6개월 되던 시점에 저는 대학교가 그만한 가치가 없다는 생각을 하게 됐습니다. 제가 진정으로 인생에서 원하는 게 무엇인지, 대학 교육이 제 인생에 얼마나 도움이 될지 판단할 수 없었습니다. 그런 상황인데도 부모님이 평생 모은 재산이 전부 제 학비로 들어가고 있었지요. 그래서 모든 것이 다 잘될 거라 믿고 자퇴를 결심했습니다."

이 결정으로 잡스는 다시는 대학 교육을 받지 않게 돼요. 친어머니의 유일한 소망이던 대학 졸업장이 무산되는 순간이었죠. 그에겐 대학 졸업장이나 낭만적인 대학 생활 같은 겉치레는 중요하지 않았어요. 본질이 아닌 것에는 관심이 없었던 거죠. 그는 판단이 빠르고 단도직입적이었어요.

대학을 그만뒀지만 잡스는 1년간 학교 기숙사에 남을 수 있는 특권을 얻었어요. 마침 빈 방이 있기도 했고 "당분간 학교에서 살겠다"고 우긴 것이 통한 것이지만 보기 힘든 특이한 사례였죠. 잡스는 학생과장 잭 더드만과 친했는데 그게 큰 도움이 됐어요.

아름다움을 발견하다

잡스는 대학 교내를 어슬렁거리면서 마치 기인처럼 생활했어요. 갖가지 튀는 행동으로 전교에 이름을 날리기도 했죠. 잡스가 머리를 길렀다는 얘기는 앞에서 했죠? 그는 이때 수염을 더욱 길게 기르고 누더기 옷을 걸치는가 하면 본격적으로 채식주의자가 됐어요. 대학 밖에선 올 원 팜All One Farm이라는 공동체에서 시간을 보내기도 했죠. 그는 자신의 정체성을 찾기 위한 것이라면 뭐든지 했어요.

잡스는 실행가였어요. 방황도 머릿속으로만, 집에서만, 술자리에서만 하는 타입이 아니었죠. 히피 생활에 호기심이 생기면 직접 그 생활 속으로 뛰어들어보는 식이었죠. 채식을 한다면서 적당히 양다리를 걸친 것이 아니라 철저히 통밀빵과 당근만 먹었어요. 새로운 경험이라면 마다않고 기꺼이 해보는 것, 이런 습관은 나중에 회사를 경영할 때도 이어진답니다. 새로운 전자제품이 나오면 하루 종일 갖고 놀면서 장단점을 완전히 파악해버렸죠.

물론 이런 생활이 낭만적인 것만은 아니었죠. 기숙사에서 잘 수 없는 날은 친구네 집 마룻바닥에서 자기도 했고, 한 병당 5센트씩 하는 콜라병을 팔아서 먹을 것을 사기도 했어요. 매주 일요일이면 채식을 먹기 위해서 7마일◆이나 걸어서 힌두교 사원인 하레 크리슈나◆에 가기도 했어요.

◆ 7마일: 약 11km.
◆ 하레 크리슈나(Hare Krishna Temple): 힌두교에서 가장 존경받는 신인 하레 크리슈나를 모신 사원.

컴퓨터를 좋아하는 외톨이

하지만 그 1년 동안 공부를 포기한 것은 아니었어요. 그저 자기와 잘 맞는 강의를 맘껏 듣고 싶었던 거죠. 잡스는 하고 싶지 않은 것을 억지로 하질 못했거든요. 잡스는 자신에게 맞는 강의를 찾아 교내를 두리번거렸어요.

그런 잡스의 눈에 학교 곳곳에 붙어 있는 포스터가 들어왔어요. 포스터의 글자들이 너무나 아름다운 서체들로 이뤄진 것을 보고 잡스는 서체를 배우고 싶었어요. 그래서 서체와 디자인 학과에 들어가 무작정 수업을 들었죠. 당시 리드칼리지는 미국에서도 손꼽힐 만큼 서체 교육 수준이 높았어요.

잡스는 강의를 통해 세리프와 산세리프체를 배웠어요. 모음과 자음이 결합될 때 다양한 형태의 자간이 만들어지는 멋진 글씨체였죠. 기존의 전자기기나 과학에서는 발견할 수 없는 아름다움이었어요. 잡스는 글씨체에 푹 빠졌죠.

처음으로 전자공학이 아닌 분야에서 자신을 빠져들게 하는 세상을 만났던 거죠. 잡스는 아름다운 글씨체와 같은 예술적인 것들이 얼마나 사람을 편안하게 하고 행복감을 주는지 그때 처음 느꼈다고 해요.

잡스는 훗날 이때를 이렇게 회상했어요.

"서체 공부가 제 인생에 실제로 어떤 도움이 될지 그때는 상상도 못했습니다. 그러나 그 뒤로 10년이 지나 처음 매킨토시

스티브 잡스는 당시 인문학으로 명성을 떨친 '리드칼리지'에서
서체의 아름다움에 빠져든다. 당시 잡스가 매료되었던 세리프체.

컴퓨터를 좋아하는 외톨이

Macintosh 컴퓨터를 구상할 때 그때의 경험들이 떠올랐죠. 우리는 맥 안에 이 모든 것을 디자인해 넣었습니다. 맥은 아름다운 타이포그래피typography를 지원하는 첫 번째 컴퓨터가 됐죠. 만약 제가 그때 서체 수업을 듣지 않았다면 맥은 여러 가지 다양한 폰트를 지원하지 못했을 겁니다.”

잡스는 과학이 아닌 또 다른 소중한 지향점을 이때 발견했죠. 바로 예술이었어요. 그는 자신이 예술적인 것에도 관심이 많다는 걸 알게 됐어요. 무엇보다 이런 경험을 통해 자신의 미적인 감각을 발견한 것이 나중에 큰 자산이 됐어요. 첨단 기술 세계에서 그는 예술적인 감각을 가진 경영자로 다른 사람들과 뚜렷하게 차별화될 수 있었죠.

선불교와 명상에 빠져들다

정치 운동이 절정이던 1960년대 말과 달리 잡스가 학교에 다니던 1970년대에는 학교의 관심이 영적·철학적 운동으로 바뀌어 있었어요.

이런 영적·철학적 운동은 ‘삶의 의미’나 ‘존재의 진실’처럼 대답하기 어려운 질문들에 관심을 기울였어요. 예를 들어 결국 죽게 될 인간이 왜 살고, 어떻게 살아야 하는지, 삶의 진정한 의미는 무엇인지 등등……. 이런 물음에 대한 해답을 찾기 위해 명상, 식이요법, 여행 등이 유행이었죠.

대학 시절 친구인 코트키와 잡스는 같은 관심을 갖고 이와 관련된 책을 독파했어요. 이 중 가장 큰 영향을 미친 책이 《스즈키 선사의 선심초심》*이었죠. 잡스는 대학 도서관에서 이 같은 불교 서적을 읽으며 시간을 보냈고 곧 선불교에 매료됐어요.

"선불교는 지적 이해보다 경험에서 우러난 직관을 중시했죠. 제가 볼 때 사물을 깊이 생각하는 사람들은 많지만 무엇엔가 도달하는 사람은 그리 많지 않았어요. 저는 지적인 사람들보다 근본적인 의미를 발견한 사람들에게 더 쏠렸어요."

이후 잡스는 경험보다 직관이 더욱 높은 경지라고 믿게 됐어요. 종종 친구인 코트키의 침대 위에 향을 피우고 인도산 양탄자를 깔아놓고 그 위에서 명상을 하기도 했죠. 상상만 해도 정말 괴짜였죠?

잡스는 이때 더더욱 자기의 정체성을 찾고 싶어 애를 태웠어요. 입양아라는 사실을 알게 된 뒤로 계속되었던 자아 찾기 시도

 타이포그래피(typography): 활자의 배열을 뜻함. 최근에는 사진까지 첨가하여 구성된 그래픽 디자인 전체를 가리키는 개념으로 사용됨.

 폰트(font): 대문자, 소문자, 구두점 등 동일 디자인의 문자 세트를 일컬음.

 《스즈키 선사의 선심초심》: 초심을 유지하는 방법에 대해 명쾌한 해답을 내리고 있는 스즈키 선사의 강의록.

컴퓨터를 좋아하는 외톨이

였죠. 부모님을 벗어나 혼자 있으면서 이런 경향이 더 두드러졌어요. 그는 자기가 어떤 사람인지 알기 위해 끊임없이 탐구했고 그런 갈증이 그를 더욱 조급하게 만들었어요.

심지어 자신의 생모를 찾기 위해 사립탐정을 고용하기도 했어요. 자기 유전자의 뿌리를 모른다는 것, 친부모를 모른다는 것은 여러모로 잡스의 인생에 영향을 끼치게 돼요. '내가 까다로운 건 아버지를 닮아서야.' 다른 사람들처럼 이런 식으로 쉽게 단정 지을 수가 없었던 거죠. 그래서 그는 스스로 자신을 알아내야 했어요. 내면을 더욱 파고들어야 했죠. 잡스가 선불교와 명상에 빠져든 것은 어쩌면 당연한 일인지도 몰라요.

"인생을 낭비하지 마라. 다른 사람이 당신 내면의 목소리를 잠식하도록 두지 마라. 무엇보다 중요한 것은 자신의 가슴과 직관을 따를 수 있는 용기를 지니는 것이다."

하지만 가끔은 자신이 정말 원하는 것이 무엇인지 헷갈릴 때가 있을 거예요. 학교나 학과를 선택할 때 특히 그렇죠. 잡스는 삶의 이런 중요한 길목에서 자신이 가장 원하는 것, 잘하고 좋아하는 것을 찾아내라고 말하고 있어요. 내면과 깊이 대화하다 보면 자신의 마음이 향하는 곳을 발견할 수 있다고 말하고 있는 거예요.

어떻게 보면 입양아라는 큰 상처는 잡스를 매우 집념이 강하고 독립적인 사람으로 만든 밑거름이었어요.

선불교는 잡스에게 큰 용기를 주었지만 잡스의 형편은 점점 어려워졌어요. 1년간의 기숙사 생활을 마치고 학교 앞에 월 25달러짜리 세를 얻었죠. 돈에 쪼들린 잡스는 심리학과에서 동물 행동 실험용 전자 장비를 관리하는 아르바이트를 했어요.

잡스는 또한 어항을 고치거나 쥐덫을 개량하는 등 온갖 잡다한 일을 하면서 돈을 마련했어요. 그래도 돈은 항상 부족했죠. 세든 방은 난방이 되질 않아 항상 두꺼운 오리털 파카를 입고 지냈어요. 하루 세끼를 시리얼과 우유만 먹으면서 지내기도 했어요.

잡스와 코트키는 열혈 채식주의자가 됐어요. 에레트Arnold Ehret라는 독일 의사의 책을 읽고 난 뒤였죠. 에레트는 고기와 술, 지방, 빵, 감자, 쌀, 우유 등을 절대 피해야 한다고 가르쳤죠. 잡스는 이때부터 당근샐러드로 점심을 대신하기 시작했고 사과가 가진 효능에 깊이 빠졌어요.

자신을 발견하고자 한 1년여의 방황 끝에 잡스는 결국 인도에 갈 것을 결심하게 돼요. 자신이 누구이고 무슨 일을 해야 하는지에 대해 과학은 해답을 주지 못하니, 불교의 근원지로 가야 한다고 여긴 거죠. 잡스 성격 아시죠? 그는 주저하지 않았어요. 빨리 인도에 갈 방법을 찾기 시작했죠.

아널드 에레트(Arnold Ehret): 독일의 교육자이자 의사. 채식주의와 활력론의 선구자.

컴퓨터를 좋아하는 외톨이

하고 싶은 일을 찾았어!

"리드칼리지를 중퇴한 잡스는 당시 열여덟 살이었어요.
그 괴상한 친구는 자신을 써주지 않으면 돌아가지 않겠다고 했죠.
한마디로 막무가내였어요."

게임 회사 아타리의 인사부장 앨콘

인도로 가기 위해 게임 회사 아타리에 입사하다

인도로 갈 계획을 세운 잡스는 그 즉시 대학 인근의 월세방을 정리하고 로스앨터스에 있는 부모님 집으로 돌아왔어요. 끊임없이 방황하고 말썽만 피우는 아들이지만 부모님은 돌아온 탕자 잡스를 반갑게 맞아주었죠. 왜 학교를 그만뒀는지, 왜 그렇게 사는지는 하나도 묻지 않고 말이죠. 정말 그 부모에 그 아들이죠?

인도에 가려면 돈이 가장 시급했어요. 비행기표는 사야 하니까요. 잡스는 구인 광고를 보고 아타리Atari라는 게임 회사에 취직했어요. 그의 첫 직장이었던 셈이죠. 당시 아타리는 탁구 게임

'퐁'이 성공하면서 빠르게 성장하고 있었어요. 잡스는 별 기대 없이 아타리에 면접을 보러 갔는데 놀랍게도 즉시 채용됐어요. 당시 기술자가 부족했기 때문에 이렇다 할 경력이 없는 잡스를 채용했던 거예요. 그런데 알고 보면 여기에는 그의 저돌적인 성격이 크게 작용했어요. 인사부장 앨콘은 그때 일을 이렇게 기억하고 있어요.

"리드칼리지를 중퇴한 잡스는 당시 열여덟 살이었어요. 그 괴상한 친구는 자신을 써주지 않으면 돌아가지 않겠다고 했죠. 한마디로 막무가내였어요."

직장 생활이라고는 해본 적이 없는 잡스는 완전한 히피 복장에 몸에서 냄새도 났어요. 당시 잡스는 당근샐러드만 먹으면 한 달간은 씻지 않아도 된다고 믿고 있었어요. 당연히 몸에서 괴상한 냄새가 났죠. 좋게 말해 히피지 노숙자나 다름없어 보였겠죠?

잡스가 하도 떼를 쓰는 바람에 인사 담당자는 그를 채용하든지 경찰을 부르든지 둘 중 하나를 택해야 했어요. 결국 아타리는 잡스를 채용했죠. 그 대신 냄새로 다른 직원들이 피해를 보지 않도록 밤에만 근무를 시켰어요.

아타리에서도 여전히 잡스의 정신적인 방황은 끝나지 않았어

 아타리(Atari): 놀란 부쉬넬이 1972년에 창업한 세계 최초의 비디오 게임 회사.

컴퓨터를 좋아하는 외톨이

요. 인도행 비행기표를 마련하기 위해 취직했다는 점을 한시도 잊은 적이 없었죠. 그는 어느 날 인사부장 앨콘을 찾아갔어요.

"힌두교 스승을 만나러 인도에 가겠습니다."

"뭐라고요? 회사를 그만두겠다는 건가요?"

"한두 달 정도면 됩니다. 사실 제가 이 회사에 들어온 것은 인도에 갈 비행기 값을 마련하기 위해서였어요."

잡스는 솔직하게 이야기했어요. 앨콘은 기가 막혔지만, 이 엉뚱한 청년의 소원을 들어주고 싶었어요. 그의 실력이 비범하다는 걸 알고 있었으니까요.

그때 막 독일에서 출시한 아타리의 게임에 문제가 생겨서 골칫거리였거든요. 잡스의 실력이라면 독일에 가서 문제를 해결할 수도 있다고 생각한 거예요. 앨콘은 잡스에게 한 가지 제안을 했죠. 독일에 가서 문제를 해결한다면 인도로 가도 좋다고 한 거였어요.

"다들 알다시피 독일은 절도와 정중함이 몸에 밴 나라입니다. 그런데 나사 하나 빠진 듯한 잡스가 지저분한 차림으로 그런 독일에 갔죠. 난 그에게 2시간 동안 그쪽 사정을 설명했을 뿐인데 그는 독일에 가서 단 2시간 만에 문제를 해결했습니다."

앨콘은 훗날 이같은 에피소드를 공개하며 잡스의 문제 해결력을 높이 샀어요.

스티브 잡스를 꿈꿔 봐

탁발하고 룽기 입고 인도를 떠돌다

독일 출장을 떠나기 전 잡스는 같이 인도로 가자고 오랜 친구인 댄 코트키를 꼬드겼어요.

"비행기 값은 내가 낼게. 같이 가자, 응?"

수중에 돈 한 푼 없던 코트키가 마다할 이유는 없었죠. 결국 둘은 인도에 가기로 했고, 독일을 경유한 잡스가 먼저 인도에 도착하고, 코트키가 나중에 합류했어요.

인도에서 잡스는 난생처음 스스로의 선택이 아니라 운명에 의해 빈곤한 삶을 사는 사람들을 봤어요. 물질적으로 풍요로운 미국인들의 삶과 완전히 대조적인 그들의 모습은 매우 강렬하고 충격적이었죠. 그때 잡스는 자신이 안다고 확신했던 모든 것들에 대해 깊은 회의를 갖게 됐어요.

잡스는 정말 인도인과 똑같은 생활을 해야겠다고 마음먹었어요. 그래서 탁발 수도승처럼 동냥하면서 인도를 여행하기 시작했죠. 한가하게 여행하기보다는 진짜와 똑같이 경험해보는 것, 인도에서도 이 실행력이 발휘되었어요.

잡스는 자기 티셔츠와 청바지를 룽기lungi🍎랑 바꿨어요. 다른

🍎 룽기(lungi): 인도 탁발승들이 허리에 두르는 전통 의상.

컴퓨터를 좋아하는 외톨이

옷들은 모두 인도 사람들에게 나눠줬고요. 그리고 인도 델리Deli 에서 전설적인 영성의 중심지인 히말라야로 향했어요.

'히말라야로 가면 나의 영적 스승을 만날 수 있지 않을까. 그 사람에게 나의 존재의 근원을 물어봐야겠어. 내가 누구인지도.'

히말라야로 접어들 무렵 그들은 마른 개울 바닥에서 잠을 자게 됐어요. 그런데 갑자기 천둥이 치며 세찬 비가 내리기 시작했죠. 빗줄기가 거세다 못해 몸이 아플 정도였어요. 그들은 모래 구덩이를 판 뒤 모래로 몸을 감쌌어요. 잡스는 그때 자신도 모르게 기도를 했다고 해요. '이곳만 벗어나게 해주면 착한 사람이 되겠습니다.'

히말라야에 도착하지도 못하고 둘은 그만 어느 마을에서 옴에 걸리고 말았어요. 설상가상으로 잡스는 설사병까지 걸렸죠. 코트키는 여행자 수표를 도난당했고요. 결국 두 사람의 여행은 여기서 끝이 났어요.

인도에서 겪은 경험은 강렬했지만 혼란스러운 일이었어요. 잡스가 기대한 것과 전혀 달랐죠. 실리콘밸리에서 주워들은 것과도 전혀 달랐어요. 물론 아무런 해답도 없었죠. 잡스는 인도를 떠나면서 이런 방식으로는 자신을 발견할 수 없을 것 같다고 생각했어요.

'어쩌면 세상을 바꾸는 건 칼 마르크스Karl Marx 같은 혁명가나

님 카롤리 바바🍎 같은 영적 스승이 아니라 토마스 에디슨Thomas Alva Edison 같은 사람일 수도 있겠어.'

잡스는 인도에서 돌아오는 길에 내내 이런 생각을 했어요. 세상을 바라보는 통찰력도 중요하지만 실용적이고 기술적인 혁신이야말로 세상에 실질적으로 도움이 된다는 것을 깨달았죠. 그리고 신비한 힘에 의지해서가 아니라 자신의 힘으로 세상을 바꾸고 싶다는 생각도 하게 됐어요. 잡스는 현실로 돌아오고 싶었어요.

🍎 옴: 옴벌레의 기생에 의한 피부 감염.
🍎 님 카롤리 바바(Neem Karoli Baba): 인도의 영적 스승으로 불림.

컴퓨터를 좋아하는 외톨이

세상을 바꾸는 컴퓨터를 만들 거야

"제 경영 모델은 비틀스입니다. 비틀스의 멤버 4명은
서로 문제를 안고 있으면서 또한 그것을 서로 억제했습니다.
그렇게 균형을 맞추었고, 그렇게 하나가 되었습니다.
기업도 록그룹처럼 혼자 할 수 없습니다. 팀을 이뤄야 가능합니다."

_TV 방송 〈60분〉과의 인터뷰에서

벤처 사업가가 되다

"워즈니악은 만들기만 해. 이걸 필요로 하는 사람들은
내가 알아서 찾아볼게."
잡스는 자신만만했어요. 자신의 사업가적인 수완과 워즈니악의
천재적인 기술이 만난 최적의 조합이라고 생각했죠. 두 사람은 불가능해
보이는 일을 마다하지 않는 공통된 기질이 있었어요.
창업 초기의 스티브 잡스

워즈니악과 힘을 합치면 되겠어

잡스는 인도 여행에서 돌아오자마자 아타리로 돌아갔어요. 힌두교 스승을 찾기 위해 회사를 떠난 지 한 달 보름 만의 일이었죠. 회사는 흔쾌히 복직을 허락했어요. 이때 스티브 워즈니악은 휴렛팩커드에서 일하고 있었어요. 두 사람은 계속 연락하며 친하게 지냈죠.

아타리에서 잡스의 재능을 눈여겨본 사람이 있었어요. 바로 창업자인 놀란 부쉬넬Nolan K. Bushnel이었죠. 그는 잡스에게 뭔가 특별한 게 있다고 생각했어요.

"잡스는 어떤 프로젝트를 하고 싶으면 나에게 와서 몇 달이나 몇 년이 아니라 아주 짧게 며칠이나 몇 주의 시간만 달라고 요구했다. 나는 이런 점이 마음에 들었다."

하루는 부쉬넬이 잡스를 불렀어요.

"'브레이크아웃'이라는 게임을 아나?"

"아뇨, 잘 모르는데요."

"벽돌로 된 벽을 깨고 나와야 이기는 게임이야. 우리 회사에서 아주 공을 들여 개발 중인 게임이지. 게임의 대강은 짰지만 회로판의 개수를 줄이는 게 관건이야. 자네가 해줄 수 있겠나? 지금 하고 있는 업무와는 별도로 보너스를 주도록 하지."

"그러죠, 뭐. 일주일이면 될 것 같아요."

잡스는 대답을 하고 곧바로 워즈니악과 상의했어요.

"이 게임에 들어가는 집적회로판을 50개 이하로 줄여서 설계할 수 있을까? 이걸 같이 하고 보너스를 나눠 갖자."

"그거 재밌겠는걸."

이런 종류의 일은 워즈니악이 가장 좋아하고 잘하는 일이었어요. 워즈니악과 잡스는 48시간 안에 일을 끝마쳤어요. 밤을 새워 일했죠.

부쉬넬은 만족했어요. 보너스로 1000달러를 건넸죠. 하지만 잡스는 보너스로 700달러만 받았다고 하고는 워즈니악에게 그 절

세상을 바꾸는 컴퓨터를 만들 거야

반이라며 350달러를 건넸어요. 그런데 회로판 설계는 사실상 워즈니악이 혼자서 완성한 거였어요. 친구인 랜디 위긴턴은 이 시기를 이렇게 회상했죠.

"잡스는 워즈니악이 설계할 동안 사탕과 콜라를 사오는 일만 했어요."

잡스는 이렇게 이기적인 모습도 갖고 있었어요. 아직 10대였던 걸 감안하면 약속대로 반을 주기 아까운 생각이 들었을 거예요. 자신이 일을 가져왔으니 그만큼은 더 챙겨도 된다고 생각한 건지도 모르죠. 사실 잡스뿐 아니라 누구에게든 어린 시절에 악의 없이 저질렀던 한두 가지의 유치한 사건은 있을 거예요. 물론 10년이 지나고서 이 애기를 전해 들은 워즈니악에겐 결코 기분 좋은 일은 아니었지요.

어쨌든 이 일을 계기로 잡스는 워즈니악과 동업을 해야겠다고 마음먹게 됐어요. 두 사람이 환상의 콤비가 될 것 같았거든요. 워즈니악은 설계에 관한 한 천재적인 재능을 지니고 있었고 잡스는 제대로 돈 버는 방법을 아는 수완 좋은 청년이었으니까요.

시간이 지날수록 전자 산업 분야에서 일하고 싶다는 잡스의 꿈은 구체화되기 시작했어요. 인도 여행에서 깨달은 것도 자신을 부추겼죠. 즉 기술이 철학이나 이념보다 더 쉽게 세상을 바꿀 수 있다는 믿음 말이에요. 무엇보다 분명한 것은 잡스의 꿈은 워즈니악과 함께해야만 이룰 수 있다는 것이었어요.

"그런데 무엇을 만들어 팔아야 할까? 블루박스보다 더 뛰어나고 사람들의 삶을 바꿀 수 있는 것이어야 해."

퍼스널 컴퓨터 시대를 열겠어

1975년 잡지 《파퓰러 일렉트로닉스Popular Electronics》는 최초의 소형 컴퓨터인 앨테어 키트Altaire kit를 커버스토리로 다뤘어요. 자판도 없고 모니터도 없는, 아주 원시적인 컴퓨터였어요. 스위치를 조작하면 전구에 불이 켜지면서 산수 문제에 대한 해답이 나오는 방식이었어요. 하지만 미래를 내다보는 사람들은 이것을 보면서 곧 퍼스널 컴퓨터의 시대가 도래할 것이라고 예상했어요.

워즈니악과 함께할 만한 새로운 사업을 찾고 있던 잡스에게 앨테어 키트가 눈에 들어왔어요.

"바로 이거야!"

그렇게 잡스의 마음에 꽂힌 컴퓨터는 그의 인생을 한 방향으로 끌고 가는 구심점이 되었죠.

그 당시 실리콘밸리의 고등학교 교사였던 봅 앨브레히트는 퍼

 앨테어 키트(Altaire kit): 초기의 퍼스널 컴퓨터. 헨리 에드워드 로버츠 박사가 개발했다.

세상을 바꾸는 컴퓨터를 만들 거야

스널 컴퓨터 시대를 예견하고 홈브루 컴퓨터 클럽Homebrew Computer Club이라는 동호회를 만들었어요. 앨테어 키트를 사용하면서 함께 정보와 지식을 주고받는 모임이었죠.

처음에 10명 남짓했던 이 클럽은 곧 100명 이상으로 불어났어요. 잡스와 워즈니악도 이 클럽 멤버가 됐죠. 두 사람은 격주로 열리는 모임에 나가 쟁쟁한 실력자들과 아이디어를 나누었어요. 이 모임에서 자극을 받은 워즈니악은 새로운 회로 설계에 매달렸죠.

1975년 가을 워즈니악은 자신이 만든 새 인쇄회로기판PCB⁕을 자랑스럽게 선보였어요. 그해 말에는 두 번째 작품을 보여줬죠. 둘 다 컬러 화면을 구동하기 위한 회로기판이었어요. TV를 모니터로도 사용할 수 있는 작품이었죠. 클럽에서는 큰 관심을 못 끌었지만 잡스는 감동을 받았어요. 잡스에겐 새로운 것의 진가를 알아보는 안목이 있었거든요.

"워즈니악, 이건 정말 대단한걸! 모니터로 쓸 수도 있는데다 컬러 화면도 가능한 제품이잖아!"

워즈니악은 자신이 직접 컴퓨터 회로기판을 만들었다는 사실에 자부심을 느끼고 만족스러워했어요. 그런데 잡스는 다른 각도에서 보았어요. 그는 이걸로 사업을 할 수 있을 거라 확신했죠.

⁕ PCB(printed circuit board): 구리 회로를 통해 전기 신호를 전달하는 인쇄회로기판.

잡스는 그 무렵 컴퓨터 애호가들이 부쩍 늘었다는 사실에 주목했어요. 그들은 인쇄회로기판을 이용해 손수 자기만의 컴퓨터를 조립하고 싶어했죠. 그들만 잘 공략하면 승산이 있다고 봤어요.

"워즈니악은 만들기만 해. 이걸 필요로 하는 사람들은 내가 알아서 찾아볼게."

잡스는 자신만만했어요. 자신의 사업가적인 수완과 워즈니악의 천재적인 기술이 만난 최적의 조합이라고 생각했죠. 두 사람은 불가능해 보이는 일을 마다하지 않는 공통된 기질이 있었어요.

잡스는 어떤 아이디어에 매료되면 앞뒤 재지 않고 열정적으로 매달리곤 했죠. 뭔가 하나 확실한 것이 떠오르기만 하면 한 치의 의심도 없이 자신의 감을 믿고 따랐어요. 실패에 대한 두려움 따위는 없었죠. 그건 실패를 경험해본 적이 별로 없었기 때문이기도 하고 워낙 저돌적인 그의 기질 때문이기도 했어요.

워즈니악 역시 어려운 과제일수록 의욕을 갖고 덤비는 스타일이었어요. 워즈니악은 더 적은 부품으로 더 좋은 제품을 만드는 것을 좋아했어요. 자신의 생각대로 제품이 나오면 희열을 느꼈죠.

세상을 바꾸는 컴퓨터를 만들 거야

컴퓨터 시대의
개척자

"자금난을 겪으며 만든 애플 I 의 주문이 50대나 들어왔어요.
애플 역사상 최대의 사건이었어요. 그처럼 뜻밖이고 굉장한 일은
이후엔 다시 일어나지 않았죠."
창업 후 첫 매출을 확인한 스티브 워즈니악

회사 이름을 애플컴퓨터로 하자!

이제 더 이상 망설일 이유가 없었어요. 잡스는 워즈니악과 함께한다는 가정 아래 둘이 할 수 있는 사업을 구체적으로 구상하기 시작했어요. 회사 이름이나 만들 제품, 사업할 장소까지 매일매일 그 생각만 했어요. 그의 나이 이제 갓 스물이었어요.

"우선 회사 이름을 정해야 할 것 같은데 뭐가 좋을까?"

팰러앨토와 로스앨터스를 잇는 85번 고속도로를 달리던 잡스가 갑자기 회사 이름을 애플컴퓨터로 하자고 제안했어요. 워즈니악은 열심히 궁리했지만 더 나은 아이디어가 떠오르지 않았죠.

매트릭스 일렉트로닉스Matrix Electronics 같은 단어를 소리내어 발음해봤지만 애플의 단순함이 더 매력 있는 것 같았어요.

"내일 오후 5시까지 더 나은 이름이 나오지 않으면 애플로 가자!"

워즈니악은 회사명을 애플로 할 경우 비틀스The Beatles🍎의 음반회사인 애플레코드Apple Records와 법적인 다툼에 휘말릴지 모른다고 걱정했어요. 결국 나중에 그 걱정은 사실이 됐죠. 애플은 주식 시장에 상장되기 직전인 1981년에 애플레코드와 음악 관련 사업을 하지 않겠다는 계약을 체결해야 했어요. 애플이 컴퓨터만 만들 때는 문제가 없었지만 2000년대 들어 아이팟을 내놓으면서 애플레코드가 소송을 걸게 돼요. 이 소송은 2010년 11월 16일 두 회사가 화해에 이를 때까지 이어지지요.

어쨌든 당시에는 두 사람 다 더 나은 이름을 생각지 못했어요. 회사 이름은 애플컴퓨터로 확정됐어요. 애플의 로고는 여러분도 잘 알다시피 한입 베어 문 사과 모양인 바이트 애플Bite Apple이에요. 바이트bite: 깨물다는 컴퓨터의 비트bit, 바이트byte와 발음이 유사해서 친숙한 느낌을 주죠. 지금도 바이트 애플은 애플 최고의 상징물로 사랑받고 있어요. 아마 이보다 더 기발한 이름은 없을

🍎 비틀스(The Beatles): 1960년대에 결성된 세계적인 록그룹. 존 레논, 폴 매카트니, 조지 해리슨, 링고 스타 4인으로 구성.

세상을 바꾸는 컴퓨터를 만들 거야

거예요.

애플 로고의 유래에 대해선 열 가지도 넘는 설이 있어요. 잡스가 한 번도 밝힌 적이 없기 때문에 추측만 난무하죠. 그중 대표적인 것이 잡스는 애플이 완벽한 과일이라고 생각하고 있었고 자신들의 회사 역시 그렇게 되길 바랐기 때문이라는 이야기예요. 항상 사과를 한입 베어 물다가 아이디어를 떠올리곤 했던 잡스가 회사 이름을 애플로 지은 건 우연은 아니겠죠?

짧은 시간 안에 잡스는 워즈니악이 깜짝 놀랄 정도로 많은 계획들을 구체적으로 세웠어요. 예산을 세우고 가격을 책정하는 등 꼼꼼하게 사업 계획을 짰죠.

하지만 중요한 그 시점에 의외의 변수가 생겼어요. 휴렛팩커드라는 안정적인 직장에 다니고 있던 워즈니악이 창업을 망설였던 거죠. 회로기판을 만들고 연구하는 건 워즈니악에겐 취미 생활이었어요. 그런 취미 생활로 창업을 하자고 하니 솔깃하긴 했지만 쉽게 결정할 수가 없었죠. 워즈니악은 이 문제로 부모님께 상의를 했지만 곧바로 반대에 부닥쳤어요.

"난 네가 왜 잡스랑 어울리는지 모르겠다. 학교도 제대로 나오지 않고 직업도 없는 그런 아이랑 사업을 하겠다니!"

워즈니악의 아버지는 잡스를 못마땅해하셨죠. 제리 워즈니악이 보기에 잡스는 빈둥거리면서 워즈니악 주변을 얼쩡거리는 한

스티브 잡스를 꿈꿔 봐

애플컴퓨터를 창업한 뒤 컴퓨터 축제에 참가한 스티브 잡스와 워즈니악.
뒤쪽에 애플의 상징인 바이트 애플(Bite Apple: 한입 베어 문 사과)이 보인다.

세상을 바꾸는 컴퓨터를 만들 거야

심한 아이였어요.

워즈니악의 아내 앨리스도 극구 반대했어요. 잘나가는 직장을 관두고 창업을 한다는 것이 불안했고, 더구나 집 안이 온통 전자 부품으로 가득 찰 것이라고 생각하니 견딜 수가 없었던 거죠.

"워즈니악, 당신이 전자 부품을 만지작거리는 것을 막고 싶은 생각은 없어요. 하지만 그건 어디까지나 취미 생활이라고요. 그걸로 어떻게 돈을 벌겠어요!"

"앨리스, 잡스는 그렇게 생각없는 친구가 아니야. 우리는 그동안 여러 가지 일을 함께 해왔어. 같이 돈을 벌기도 했고 말이야. 당신이 걱정하는 건 알겠는데 나도 몇 가지 안전장치를 마련해두고 있어."

사람들 앞에서는 잡스를 변호했지만 워즈니악도 썩 내키지 않는 게 사실이었어요. 하지만 잡스는 계속 워즈니악을 설득했죠.

1976년 4월 1일 만우절 날 워즈니악은 결국 잡스의 끈질긴 설득에 넘어갔어요. 워즈니악과 잡스가 지분을 똑같이 나눠 갖고, 나머지 10% 지분은 론 웨인에게 준다는 10페이지짜리 애플 창업의 역사적인 계약서는 이렇게 탄생되었죠. 론 웨인은 당시 아타리에서 일하고 있던 잡스의 친구로, 함께 사업하기로 미리 약속을 해둔 상태였어요.

잡스는 설득의 귀재예요. 열 살에 아버지를 설득해 집을 팔고 전학 간 이야기는 기억하고 있죠? 설득은 단순히 말을 잘하는 기술만은 아니에요. '무슨 말을 해야 저 사람 마음을 움직일 수 있을까?'를 곰곰이 생각해야 가능하죠. 그 사람의 속마음, 망설이는 지점을 알아내는 것이 먼저예요. 설득은 그래서 말의 힘이 아니라 생각의 힘이라고도 볼 수 있어요.

잡스는 워즈니악을 어떻게 설득했을까요? "다른 사람이 주는 월급에서 벗어나 네 회사를 직접 세울 수 있는 유일한 기회야."라고 했어요.

자신의 기술을 마음껏 펴 보이고 싶던 엔지니어에게 '돈 이야기'를 했다면 먹혀들지 않았을 거예요. 하지만 "네 마음대로 컴퓨터를 만들어서 팔 수 있어." 이렇게 워즈니악의 마음속 깊숙이 잠자고 있던 욕망을 건드렸죠. 이것이 잡스가 설득을 잘하고 프레젠테이션을 잘하는 비결이랍니다.

자금난을 겪으며 태어난 컴퓨터, 애플 I

잡스는 인쇄회로기판이 곧 컴퓨터라고 생각했어요. 컴퓨터 마니아층만 공략해도 충분히 시장성이 있다고 판단했죠. 마니아층이라면 회로기판을 열심히 사다가 모니터와 자판을 연결해서 조립 컴퓨터를 만들어 쓸 거라고 생각한 거예요. 인쇄회로기판만

세상을 바꾸는 컴퓨터를 만들 거야

만드는 거라면 자본도 그리 많이 들지 않을 거라 생각했어요. 그들은 최초의 제품에 애플Ⅰ이라는 타이틀을 붙였죠.

잡스와 워즈니악은 1000달러로 사업을 시작했어요. 워즈니악은 아끼던 HP의 계산기, 잡스는 밴을 팔아서 각각 500달러씩 마련해 창업을 했죠. 잡스 부모님의 낡은 차고가 그들의 첫 제조 공장이 됐어요. 누가 봐도 초라한 시작이었죠. 하지만 잡스는 사업을 하려면 '어떻게 보이느냐'도 중요한 전략이라는 것을 알았어요. 집 차고에 부품 몇 대만 갖고 있는 사업가와 누가 거래를 하겠어요? 잡스는 우체국 사서함에 애플의 주소를 개설했어요. 명함에 '사서함 몇 호' 이렇게 주소를 새기니 규모가 제법 큰 회사 같은 느낌을 주었죠. 또한 자동 응답 전화기를 사놓고 비서가 받는 것처럼 만들었어요. 창업 초기에 신뢰할 수 있는 회사 이미지를 만드는 것이 잡스에겐 매우 중요했거든요.

하지만 문제는 자금이었어요. 제품 개발과 생산을 위해선 수천 달러의 자금이 필요했거든요. 하지만 잡스는 특유의 대담함으로 워즈니악에게 "돈을 구해오겠어."라고 큰소리치고 애플Ⅰ의 시제품을 들고 홈브루 컴퓨터 클럽으로 찾아갔죠.

하지만 반응은 차가웠어요. 컴퓨터 마니아들 눈으로 볼 때 워즈니악이 만든 애플Ⅰ은 그저 그런 시제품에 불과했거든요. 단 한 사람, 잡스를 눈여겨본 폴 테럴을 제외하면요.

스티브 잡스를 꿈꿔 봐

그 즈음 컴퓨터 체인점 '바이트 숍Byte Shop'을 막 오픈한 폴 테럴은 잡스와 친한 사이는 아니었지만 애플I이 잘 팔릴 거라고 예상했죠. 며칠 뒤 그가 먼저 잡스에게 만나자고 연락을 했어요. 다음 날 잡스는 항상 그렇듯이 맨발로 바이트 숍을 찾아갔고, 테럴과 면담하면서 그를 떠보았죠.

"우리가 만든 제품을 직접 보신 적이 있나요?"

"그날 당신이 클럽에 애플I을 갖고 왔을 때 저도 있었습니다. 우리 가게에 컴퓨터를 대주세요. 부품 말고 완제품 말입니다."

"워즈니악과 제가 만드는 게 바로 컴퓨터예요."

"50개를 사겠습니다. 개당 500달러를 쳐줄게요."

잡스는 깜짝 놀랐어요. 자그마치 2만 5000달러어치였거든요. 지금 환율로 계산하면 대략 3000만 원에 달하는 엄청난 금액이었죠. 잡스는 정신없이 워즈니악에게 뛰어갔어요.

"워즈, 워즈!! 드디어 터졌어. 대박이라고!"

워즈니악은 잠자코 회로기판만 들여다보고 있었어요. 작은 일에도 쉽게 흥분하는 잡스의 성격을 잘 알기에 '또 무슨 일이 생겼나보다'라고만 생각했던 거죠.

"지금 2만 5000달러어치 주문을 받고 오는 길이야! 애플I 주문이 50대나 들어왔다고!"

괴짜 엔지니어인 워즈니악도 기쁨을 감추지 못했죠.

세상을 바꾸는 컴퓨터를 만들 거야

"애플 역사상 최대의 사건이었어요. 그처럼 뜻밖이고 굉장한 일은 이후엔 다시 일어나지 않았죠."

워즈니악은 그날의 감격을 이렇게 회상했어요.

두 사람은 이제 제품 생산에 착수해야 했어요. 문제는 자금이었죠. 제품을 만들기 위해서는 부품을 사야 하는데 그만한 자금은 없었으니까요. 잡스는 자금을 구하기 위해 실리콘밸리 전역을 헤집고 다녔지만 번번이 거절당했어요. 맨발에 머리는 풀어헤치고 수염은 멋대로 자란데다 이상한 냄새를 풍기는 20대 초반의 젊은이가 사업을 한다고 돈을 꾸러 온 모습을 상상해보세요. 누가 돈을 선뜻 내주겠어요?

잡스는 이제 아는 사람을 통해서는 돈을 구할 수 없다는 걸 알게 됐어요. 하지만 낙심하지는 않았어요. 가능한 일만 해서는 사업을 할 수 없다고 생각했죠. 그에게는 필요한 것을 만들기 위해서라면 어떤 어려움이든 극복하고 말겠다는 근성이 있었어요.

어려움에 처한 잡스는 방법을 바꾸기로 했어요. 자금을 구하는 대신 부품을 외상으로 구입하기로 한 거예요. 주문서를 들고 가면 통할 거라 생각했죠.

잡스는 키럴프 일렉트로닉스라는 대규모 부품 상점에 갔다가 지배인인 밥 뉴턴을 만났어요. 그는 잡스를 처음 봤을 때 '사업에 서툰 아마추어' 같은 인상을 받았다고 해요. 다행히 잡스의 강한

스티브 잡스를 꿈꿔 봐

집념은 높이 샀죠. 그는 한 가지 조건을 내걸었어요.

"부품을 공급할 수는 있어요. 단, 실제로 컴퓨터 50대를 주문 받았는지 확인이 필요해요."

"지금 바이트 숍에 전화하시면 확인할 수 있습니다."

"내가 전화해서 확인해보고 그쪽으로 연락을 줄게요."

"아뇨, 저는 지금 사무실에 가도 다른 일이 없어요. 확인하실 때까지 그냥 여기서 기다리겠습니다."

잡스가 고집을 피우기 시작하면 당해낼 자가 없었어요. 어릴 때도 그랬고 성인이 된 그때도 마찬가지였죠. 봅 뉴턴은 순간 잘못 걸렸다는 생각이 들었어요. 맨발에 고약한 냄새를 풍기는 그 친구를 빨리 내보내기 위해서라도 전화해서 확인을 해야 했죠.

"우리 부품 2만 달러어치를 외상으로 줄게요. 하지만 기간은 30일뿐이에요."

잡스는 처음 하는 사업인데다 제품 제작에 걸리는 시간을 정확히 알지 못했어요. 흔쾌히 계약서를 쓰고 나왔죠.

잡스가 부품을 마련하는 사이 워즈니악은 회로기판을 만드느라 정신이 없었어요. 날짜에 맞추기 위해 잡스의 누이동생 패티와 친구 코트키까지 동원됐죠.

약속된 날, 드디어 잡스는 완성된 회로기판 12개를 들고 테럴을 찾아갔어요. 처음 약속했던 수량의 4분의 1에도 못 미쳤죠. 제

세상을 바꾸는 컴퓨터를 만들 거야

품을 받아든 테럴의 반응은 시큰둥했어요.

"이건 완제품이 아니네요. 나는 별도로 조립할 필요가 없는 완전한 컴퓨터를 원했는데……."

잡스와 워즈니악은 완전한 회로기판을 곧 완전한 컴퓨터라 생각했지만 테럴은 자판과 모니터까지 달린 컴퓨터를 원했던 거예요. 완전한 컴퓨터에 대한 인식이 서로 달랐던 거죠. 그래도 테럴은 약속을 지켰어요. 잡스와 워즈니악은 수표를 받고 뛸 듯이 기뻐했죠. 애플의 첫 매출이었으니까요.

그런데 곧 애플I의 성능이 다른 제품보다 우수하다는 입소문이 나기 시작했어요. 그해 말 애플은 약 150대의 컴퓨터를 납품하게 됐고 10만 달러에 육박하는 매출을 기록했어요. 잡스와 워즈니악의 이름도 서서히 알려지고 있었죠.

잡스가 창업을 하게 된 건 대담함 때문이었어요. '이건 될 것 같다'는 느낌, 자신의 느낌을 확실히 믿고 따르는 자신감, 다른 사람을 설득해서 결과를 얻어내는 집요함까지 잡스는 창업자가 갖춰야 할 모든 근성을 다 갖추고 있었어요. 이것이 아버지 창고에서 컴퓨터를 만들어 첫해에 150대의 컴퓨터를 생산한 회사로 만든 잡스의 힘이에요.

스티브 잡스를 꿈꿔 봐

이대로 포기할 순 없어

애플 I 은 한동안 잘나갔지만 얼마 안 가 어려움에 빠졌어요. 판매가 급격하게 줄고 자금이 부족해지기 시작했어요. 그 당시 컴퓨터에 대한 수요는 지금처럼 많지 않았거든요. 살 만한 사람들이 모두 사자 더 이상 팔리지 않는 상황이 온 거예요.

개발비와 생산비는 계속 들어가는데 매출이 줄어드니 은행을 비롯한 투자자들도 깐깐하게 나오기 시작했죠. 하필이면 이때 지분 10%를 갖고 있던 론 웨인이 회사를 나가겠다고 통보했어요. 회사는 최악의 상황으로 치달았어요.

이즈음 잡스와 워즈니악은 애틀랜틱시티Atlantic City에서 열리는 〈제1회 퍼스널 컴퓨터 축제〉에 참여할 기회를 얻었어요. 최신 컴퓨터와 관련 기기, 소프트웨어 등을 접하고 싶어하는 컴퓨터광들이 몰려드는 축제였죠. 잡스와 워즈니악은 잘만 하면 그곳에서 테럴 같은 제2의 투자자를 만날 수도 있겠다는 기대에 부풀었어요.

하지만 애틀랜틱시티로 가는 비행기에서부터 조짐이 좋지 않았어요. 당시 애플 II 를 설계하고 있던 두 사람은 시제품과 데이터 저장용 부품을 들고 비행기를 탔어요. 비행기 안에는 그들 말고도 서부의 다른 컴퓨터광들이 타고 있었어요. 그중에서 컴퓨터 시제품 솔Sol이 가장 눈에 띄었어요. 솔은 미끈한 금속 케이스에

세상을 바꾸는 컴퓨터를 만들 거야

담긴 키보드 합체형 컴퓨터였어요. 조립을 마친 제품이라 플러그만 꽂으면 전원과 모니터가 작동했죠. 잡스와 워즈니악은 자신들의 처지가 얼마나 보잘것없는지 깨달았어요.

참가자 중 한 사람은 잡스와 워즈니악이 들고간 애플Ⅱ 시제품을 보고 이렇게 말하기도 했죠.

"밋밋하기 짝이 없군. 이 두 친구는 달랑 담배 상자만 들고 왔어. 대체 컴퓨터 쇼가 뭔지 알기나 하는 거야?"

희망을 안고 참가한 컴퓨터 축제였지만 잡스와 워즈니악은 아무 소득 없이 돌아와야만 했어요. 여기서 잡스는 두 가지를 깨달았어요. 우선 컴퓨터는 완전히 독립적인 제품, 즉 키보드와 모니터를 갖춘 완성형 제품이어야 한다는 거였죠. 또 하나는 수많은 컴퓨터 회사들 틈에서 주목받고 살아남으려면 홍보와 광고 전문가가 반드시 필요하다는 거였어요.

잡스는 행사를 끝내고 돌아와서 워즈니악에게 애플Ⅱ의 큰 방향을 제시하며 새롭게 제작할 것을 주문했어요.

"애플Ⅱ는 컴퓨터를 모르는 사람들도 쓸 수 있어야 해. 진짜 완제품 컴퓨터 말이야. 누구나 전원만 켜면 바로 쓸 수 있도록."

한편으로는 워즈니악과 함께 진화된 애플Ⅱ를 만들기 위해 고심하면서 다른 한편으로 잡스는 광고와 홍보 전문가를 찾아 나섰어요. 1976년이 저물어가고 있는 시점이었어요.

상식에
얽매이지 말아야 해

불편한 건 모두 없애자

오늘날 세계 최초의 퍼스널 컴퓨터PC로 인정받는 것이 바로 잡스와 워즈니악이 개발한 애플 I 이에요. 하지만 사실 이 제품이 최초는 아니었어요. 애플 I 보다 앞서 앨테어컴퓨터를 비롯한 각종 컴퓨터들이 여기저기서 나왔어요.

그럼에도 불구하고 애플 I 이 최초의 퍼스널 컴퓨터로 통하게 된 것은 첫 작품 이후에도 계속 같은 이름으로 제품이 나오고 꾸준히 팔려서 살아남았기 때문이에요. 수많은 컴퓨터들 중에 유독 애플 I 이 살아남은 것은 '차별화된 무엇'이 있어서죠.

세상을 바꾸는 컴퓨터를 만들 거야

그 '무엇'은 뭘까요? 바로 '사용자 중심' 원칙에서 나왔어요. 잡스는 '모든 사람들이 컴퓨터를 사용하게 하자.'는 원대한 비전을 갖고 있었죠. '돈을 많이 벌자.'라든가 '애플을 몇 대 팔자.'라든가 하는 목표가 아니었어요. '돈을 많이 벌자.'는 백만장자가 되면 없어지는 목표지만 '모든 사람들이 컴퓨터를 사용하게 하자.'는 보다 큰, 인생의 의미를 갖춘 목표였죠. 잡스가 제시하는 큰 목표는 직원들의 기준이 되었어요. '어떻게 하면 사람들이 더 쉽게 사용할 수 있을까?' 직원들도 잡스처럼 계속 이런 질문을 하게 된 것이죠. 이런 방식은 불편한 것을 없애고 보다 획기적인 제품을 생산하는 원동력이 되었어요.

그중 하나가 자동으로 운영체제를 가동시키는 시스템이었어요. 운영체제는 사용자가 컴퓨터를 이용할 수 있게 도와주는 기반 시스템으로 지금 우리가 쓰고 있는 윈도 등이 이에 해당돼요.

"워즈니악, 컴퓨터를 켤 때마다 매번 운영체제를 가동시키는 게 매우 불편한데 이걸 바꿀 수 없을까?"

"회로기판의 칩에 프로그램 언어를 입력해놓고 컴퓨터를 켤 때마다 자동으로 작동하도록 하면 되지."

"그래? 그럼 우리는 그런 방식으로 만들자."

잡스는 컴퓨터 기술을 잘 모르는 사람들도 쉽게 컴퓨터를 사용할 수 있게 만들고 싶었어요. 그러기 위해선 사용자가 운영체제

스티브 잡스를 꿈꿔 봐

를 따로 움직이지 않아도 컴퓨터가 자동으로 움직여줘야 했죠.

소비자를 생각한 혁신 중 또 하나 대표적인 것은 소음 해결이었어요. 잡스는 컴퓨터를 쓸 때마다 소음이 가장 거슬렸어요. 그래서 새 컴퓨터는 소음이 없었으면 좋겠다고 생각했죠.

"컴퓨터 소음을 없애는 방법이 없을까?"

잡스는 워즈니악을 포함해 같이 일하는 애플 직원들과 이야기하다가 이런 질문을 던졌어요. 다들 고개를 절레절레 흔들었죠.

"소음을 없애려면 냉각 팬을 떼어내야 해요. 그런데 그 팬이 컴퓨터 내부의 열을 식혀주고 있기 때문에 그러자면 아예 전원 공급 방식을 바꿔야 합니다."

"그럼 전원 공급 방식을 바꾸면 되겠네요?"

"그건 현재로선 불가능해요. 할 줄 아는 사람이 없습니다."

"제가 한번 찾아보죠."

잡스는 포기하지 않고 새로운 전원 장치를 만들어줄 사람을 수소문했어요. 40대에 줄담배를 피우는, 공상과학소설에 나오는 괴짜 엔지니어처럼 생긴 로드 홀트는Rod Holt 그걸 만들 수 있는 거의 유일한 사람이었죠.

잡스는 홀트를 만난 순간 '이 사람이면 할 수 있겠다'는 생각이 들었어요. 나중에 워즈니악에게 "오늘 이 우주에서 가장 위대한 아날로그 설계자를 만났어!"라고 말할 정도였으니까요. 그런데

세상을 바꾸는 컴퓨터를 만들 거야

애플Ⅱ와 함께한 스티브 잡스.
소음과 크기 문제를 획기적으로 해결한, 당시로서는
혁명적인 제품이었다.

첫 만남에서 정작 홀트는 잡스를 그다지 신뢰하지 않았어요.

"저는 몸값이 비싼 사람인데요."

잡스는 포기하지 않았어요.

"알고 있습니다. 문제없어요."

홀트는 나중에야 잡스가 그만한 돈이 없으면서도 자신을 끌어들였다는 걸 알게 됐어요. 하지만 어쩔 수 없었죠. 엔지니어인 홀트에게는 돈도 돈이지만 새로운 시도 자체가 즐거운 일이었으니까요.

결국 홀트는 가볍고 열이 적게 나는 스위치식 전원 장치를 만드는 데 성공했어요. 컴퓨터의 소음도 획기적으로 줄였죠. 당시 이런 전원 전달 방식은 혁명에 가까운 일이었어요. 잡스는 자신이 상상했던 소음 없는 컴퓨터를 만들어냈고 이를 즉시 신제품에 반영했어요. 그렇게 해서 애플Ⅱ가 탄생하게 됐죠.

잡스는 탁월한 제품 기획가이자 마케터였어요. 자신과 고객이 불편하게 느꼈던 것을 끄집어낸 뒤 엔지니어를 동원해 집요하게 문제점을 해결하면서 새로운 제품을 탄생시켰으니까요.

최고와 일해야 최고를 만들 수 있어

기술적인 성공에도 불구하고 당시 애플컴퓨터는 절박한 상황

세상을 바꾸는 컴퓨터를 만들 거야

이었어요. 애플Ⅱ가 성공적으로 자리 잡지 못하면 애플컴퓨터는 그대로 사라질 위기였죠.

애플Ⅱ를 출시할 무렵, 잡스는 한계를 느끼고 있었어요. 사람들이 원하는 제품을 기획하는 건 자신이 잘하고 개발과 제작은 워즈니악이 뛰어났지만 광고와 홍보 쪽은 둘 다 실무 경험이 전혀 없었거든요. 잡스는 이때부터 본격적으로 뛰어난 인재를 찾아내 끌어들이는 비상한 수완을 발휘하게 돼요.

잡스는 애플Ⅱ를 멋지게 광고하고 싶었죠. 기술적인 내용을 줄줄이 설명하는 광고보다 애플이 지닌 이미지만으로 간결하게 어필하고 싶었어요.

시중에 나온 광고를 샅샅이 살펴보던 잡스에게 인텔Intel 광고가 눈에 들어왔어요. 제품의 기술적 장점을 설명하는 대신 포커 칩, 햄버거, 경주용 차 등 상징과 이미지를 내세우는 색다른 광고였죠. 잡스는 이런 광고가 불러일으키는 상상의 세계와 독자들에게 직접 어필하는 방식에 즉각 매료됐어요. 이 광고를 만든 회사는 당시 한창 뜨고 있던 레지스 매케너Regis McKenna였어요.

잡스는 즉각 이 광고 회사에 전화를 했죠. 하지만 신고객 담당자 프랭크 버지는 정중히 거절했어요.

🍎 레지스 매케너(Regis McKenna): 실리콘밸리에 자리하여 인텔, 마이크로소프트, 애플 등 IT 기업의 광고와 컨설팅을 맡았던 광고&컨설팅 회사. 1970년에 설립.

스티브 잡스를 꿈꿔 봐

"글쎄요. 다른 회사를 알아보시는 게 좋을 것 같습니다."

큰 광고 회사에서 이름도 못 들어본 신생 회사 광고를 맡기는 어렵다는 뜻이었죠. 잡스가 물러섰을까요? 전혀 그렇지 않았어요. 잡스는 하루에 한 번씩 버지에게 전화를 했어요.

"직접 애플컴퓨터를 보시면 생각이 달라지실 겁니다."

결국 그의 집요함에 두 손 든 버지는 허름한 차고를 개조한 애플컴퓨터 사무실로 찾아갔죠. 잡스가 맨발의 청바지 차림에 머리도 감지 않은 지저분한 모습으로 부엌 쪽문을 열고 나타났을 때 버지의 불안감은 극도에 달했어요. '괜히 왔나보다……'

"첫 2분 동안은 도망칠 궁리만 했죠. 하지만 3분 만에 두 가지 점에서 놀랐어요. 첫째 그는 놀라울 정도로 똑똑한 젊은이였습니다. 둘째 저는 그가 하는 말의 50분의 1도 못 알아들었어요."

그러나 이것만으로 광고 제작을 맡을 순 없었다고 해요. 버지는 결국 거절을 했어요. 그래도 잡스는 포기하지 않았죠. 이제는 버지가 아니라 대표인 매케너에게 전화를 걸었어요. 매케너보다 비서가 먼저 나가떨어졌어요. 비서는 이 끈질긴 사람에게서 벗어나기 위해 매케너와 전화 연결을 해주었어요.

매케너는 잡스에게 사무실로 찾아오라고 했죠. 잡스는 매케너에게 가서 또 고집을 부렸어요. 고객으로 받아줄 때까지 꼼짝도 안 하겠다고 버텼죠. 결국 매케너는 항복했어요.

세상을 바꾸는 컴퓨터를 만들 거야

매케너는 애플이 컴퓨터 애호가들뿐 아니라 보다 큰 시장을 노려야 히트 칠 수 있을 거라고 생각했어요. 그렇다면 전자 회사는 감히 생각지도 못하는 대중매체에 광고를 해야 했죠. 매케너가 선택한 것은 《플레이보이Play boy》라는 잡지였어요. 당시 컴퓨터 구매자는 대부분 남자였기 때문에 남성 독자가 가장 많은 매체에 광고를 하기로 한 거죠.

문제는 이번에도 돈이었어요. 최고의 광고 회사와 가장 효과적인 광고 매체를 찾았는데 그에 필요한 자금이 없었던 거죠. 매케너는 잡스에게 유명한 벤처 투자자인 돈 밸런타인을 소개했어요. 하지만 그는 애플에 대한 확신이 없었어요. 투자를 하지 않았죠.

잡스는 이번에도 강력하게 매달렸어요. 하루에 서너 차례 전화하는 건 물론 돈 밸런타인의 사무실에도 찾아가고 주변의 아는 사람들에게도 계속 부탁했어요. 끈질긴 잡스의 설득에 돈 밸런타인은 마이크 마쿨라라는 투자자를 소개시켜줬어요.

잡스는 마이크 마쿨라Mike Markkula를 자신의 지저분한 차고로 초대해서 회사의 현황과 비전에 대해 열정적으로 설명했어요. 마쿨라는 밸런타인과는 달랐어요. 그의 뜻에 공감했고 애플사의 비전에 대해 확신했죠.

마쿨라는 애플 초기에 가장 많은 공헌을 한 사람이 됐어요. 그는 잡스에게 사업에 대한 조언을 해주고 거의 혼자서 애플의 자

스티브 잡스를 꿈꿔 봐

금 계획을 세웠어요. 또 초창기에 가장 많은 투자를 한 투자자였죠. 그의 첫 투자액은 현금으로 무려 9만 1000달러. 지금 우리 돈으로 1억 원이 넘는 거액이었죠. 그 대신 마쿨라는 잡스, 워즈니악과 함께 회사의 지분을 30%씩 나눠 가졌어요. 전원 장치를 설계한 로드 홀트가 나머지 10%를 차지했죠.

마쿨라는 또한 잡스에게 내셔널 새미콘덕터라는 반도체 회사의 이사 마이크 스콧Mike Scott을 소개했어요. 스콧은 온화한 마쿨라와는 달리 배짱과 결단력으로 성공한 사람이었어요. 스콧은 지분을 갖지 않은 대표이사 사장이 됐어요. 잡스는 등기 임원✸으로서 애플Ⅱ의 기획과 제작을 총괄하는 업무를 맡았죠.

이로써 애플 초기의 창업 멤버가 확정됐어요. 애플과 잡스에게는 행운이었던 것이, 이들은 모두 최고의 실력자들이었어요.

하지만 이것이 단지 우연한 행운의 힘이었을까요? 마이크 마쿨라, 마이크 스콧, 로드 홀트뿐 아니라 창업 동지인 스티브 워즈니악까지 이들이 애플 창업에 어떻게 동참하게 됐는지 생각해보면 답이 금세 나와요. 잡스가 결국 이들을 모두 끌어들인 거예요. 잡스는 최고를 고집했어요. 그리고 최고의 사람을 얻기 위해 모든 노력을 다했죠. 때로는 울고불고 어거지를 쓰기도 했지만 대체로

✸ 등기 임원: 대표이사의 선임, 회사의 장·단기 사업 계획 수립과 투자 등 회사의 경영 전반에 걸쳐 중요 사항을 의결하는 이사회의 일원.

세상을 바꾸는 컴퓨터를 만들 거야

확고한 신념과 비전을 갖고 지속적으로 설득했어요. 흔들리지 않고 계속해서 일관된 모습을 보여준 것도 중요했죠. 이것이 잡스가 평생 동안 최고의 사람들과 일할 수 있었던 이유예요.

고정관념을 바꿔 봐!

"왜 컴퓨터를 꼭 흑백 금속판 케이스에 담아야 하지?"

잡스는 컴퓨터를 처음 세상에 내놓을 때부터 이런 의문을 가졌어요. 1970년대의 컴퓨터는 아주 볼품없었어요. 시커먼 철제 박스에 회로기판을 넣고 전원 코드를 다는 것이 고작이었죠. 아무도 외관 따위에는 신경 쓰지 않았어요. 컴퓨터의 속도와 성능에만 집착하는 엔지니어들은 전혀 생각지도 못한 주제였죠. 하지만 잡스는 컴퓨터가 결국은 모든 사람들이 이용하는 기기가 될 것이라고 생각했어요. 10년 앞을 내다본 거죠.

1977년 봄 샌프란시스코 시민회관에서 대규모 컴퓨터 전시회가 열린다는 소식이 들렸어요. 잡스는 이 전시장에서 애플을 스타로 만들어야겠다고 생각했죠. 그리고 그 핵심은 성능이 아니라 디자인이라고 봤어요.

잡스는 샌프란시스코 시내의 메이시백화점Macy's department store으로 갔어요. 주방 용품과 오디오 매장을 돌면서 가전제품의 디자인을 꼼꼼히 살펴봤죠. 그리고 자신만의 아이디어를 들고 휴렛팩커드의 제품 디자이너였던 제리 매녹Jerry Manock을 찾아갔어요. 그때가 1월이었어요. 전시회가 열리는 4월 말까지는 3개월 정도밖에 남지 않았어요.

"12주 안에 플라스틱 컴퓨터 케이스를 만들어야 합니다. 디자인을 좀 해주십시오."

"플라스틱 케이스라고요? 시간이 너무 없는데요. 불가능해요."

"저에게 아이디어가 좀 있습니다. 그걸 감안해주시고 전문가의 의견을 반영하시면 12주가 그리 짧은 시간은 아닐 겁니다."

잡스는 특유의 화법으로 매녹을 설득했어요. 매녹은 결국 승낙했죠. 잡스는 자신의 아이디어를 털어놓았어요.

"자판과 일체형이어야 하고 자판 크기만큼만 회로기판이 자리를 차지했으면 좋겠습니다. 여기에 맞는 가장 작고 세련된 플라스틱 케이스를 만들어주십시오."

잡스는 케이스 디자인을 대략 정해놓고 여기에 맞춰서 애플Ⅱ를 설계했어요. 기기판에 맞춰 케이스를 만들던 당시의 방식과 정반대였죠. 케이스에 맞추기 위해 칩과의 연결선을 일직선으로 만들었어요.

흔히들 잡스의 창조성은 '조합 능력'이라고 해요. 그는 퀴진아트의 믹서를 보고 '애플의 컴퓨터는 이런 모습이어야 해.'라고 생

세상을 바꾸는 컴퓨터를 만들 거야

각했어요. 둥근 모서리, 눈에 띄는 플라스틱 케이스, 우아한 색감 등 백화점에 전시된 가전제품에서 컴퓨터 디자인의 영감을 얻었죠. 세상에 없는 디자인을 만들겠다고 책상 앞에서 골머리를 썩이는 스타일이 아니었어요. 바로 뛰어나가 전혀 다른 분야에서 영감을 얻는 조합의 천재였죠.

재기발랄한 분위기를 풍기는 애플의 로고도 이때 만들었죠. 사과를 한입 베어 문 참신한 로고는 레지스 매케너의 예술감독 로브 야노프Rob Janoff가 만들었어요.

"잡스 때문에 정말 미치는 줄 알았습니다. 전 완벽주의가 때로 비생산적이라는 걸 알려주려했어요. 하지만 잡스는 듣지 않았습니다. 인쇄회로기판의 설계도를 들고 갈 때마다 퇴짜를 놨죠. 메모지만 한 크기로 줄여놓으니 비로소 태도가 부드러워지더군요."

애플Ⅱ의 인쇄회로기판을 설계한 하워드 캔틴은 당시의 잡스를 이렇게 회고했어요.

잡스는 시장의 트렌드에 맞추거나 '조금 더 나은 제품'을 만들기를 원치 않았어요. 까다로운 자신을 만족시킬 정도의 '가장 좋은 제품'을 만들고자 했어요.

전시회에서 선보인 애플Ⅱ는 모두를 깜짝 놀라게 했어요. 당시 사람들은 그렇게 작은 컴퓨터는 결코 있을 수 없다고 생각했어요. 당시에는 컴퓨터라고 하면 큰 책상만 한 크기를 떠올렸어요.

스티브 잡스를 꿈꿔 봐

방위산업체에서 쓰는 컴퓨터는 대부분 그랜드피아노만 한 크기였죠. 그래서 잡스는 애플Ⅱ 뒤에 대형 컴퓨터가 숨어 있지 않다는 걸 증명해야 할 정도였어요. 잡스는 컴퓨터에 대한 고정관념을 완전히 바꿔버렸어요.

비겁한 잡스, 첫아이를 외면하다

성공적으로 컴퓨터 전시회를 마친 1977년 말 무렵, 잡스는 고등학교 때부터 사귀어온 여자친구 크리스 앤 브래넌이 임신했다는 소식을 듣게 돼요. 하지만 잡스는 아버지가 될 마음의 준비가 돼 있지 않았어요. 그는 고작 스물세 살이었죠. 아버지가 되기엔 아직 어렸어요.

잡스는 자신의 아이가 아니라고 부인했어요. 매우 비겁하고 어리석은 행동이었죠. 하지만 잡스는 당시 이 사실을 감당할 수가 없었어요. 현실이 아니길 바랄 뿐이었죠. 부모가 된다는 것이 잡스에겐 전혀 기쁜 일이 아니었어요.

잡스 자신이 아버지 없는 아이로 태어나 입양돼 자라면서 오랫동안 정체성에 대해 고민했었죠. 그런 그가 자기 아이를 같은 처지로 만든다는 것은 참으로 아이러니하면서도 씁쓸한 일이었죠. 잡스는 크리스 앤이 낳은 아이를 오랫동안 자기 아이로 인정하지

세상을 바꾸는 컴퓨터를 만들 거야

않았어요. 잡스가 이 아이를 자신의 딸로 인정하게 되는 것은 이로부터 10년이나 흐른 뒤예요. 어쩌면 잡스 자신이 혼란과 상처를 겪었기 때문에 상황을 인정하지 않고 피하려고만 했는지도 몰라요. 그때까지 가정을 꾸린다는 걸 생각해본 적이 없기 때문에 더욱 이기적으로 행동했죠. 이 시절의 잡스는 성공을 향해서 나아가고 있었지만 개인적으로는 미성숙한 상태였어요. 어쨌든 잡스와 크리스 앤, 그리고 리사가 화해하는 데는 아주 오랜 시간이 걸렸답니다.

개인적인 생활은 불행했지만 회사는 날로 번창했어요. 애플Ⅱ는 매달 3만 대 이상 팔렸고 연매출 1억 달러를 돌파하기에 이르렀어요. 1980년이 되자 애플은 1000명 이상의 직원을 둔 기업으로 성장해 있었죠.

스티브 잡스를 꿈꿔 봐

스티브 잡스, 성공의 비밀병기

돌고래의 두뇌

창의적이고 영리하다. 항상 새로운 가치를 찾아 호기심을 번뜩인다.

매의 눈

최고의 인재를 찾기 위해서라면 사막도, 적지도 가리지 않는다.

제갈량의 혀

상대를 설득하고 빠져들게 하는 준비된 연설.

개의 코

자신과 대중이 환호하는 것이 무엇인지 아는 동물적인 감각.

개미의 손

스타벅스 냅킨에도 떠오른 '아이디어'를 적는 부지런한 손.

맹수의 심장

억만장자가 소용없는 '우주를 바꾸고 싶은' 열정.

수도자의 무릎

가부좌를 틀고 명상을 하며 내면의 소리를 듣는다.

새로운 미래를 찾은 방황의 10년

"내가 보잖아. 설령 상자 속에 들어 있는 것이라고 해도

가능한 한 아름답게 만들고 싶다고……."

_매킨토시 개발 당시 "컴퓨터 기판을 누가 보나요?
어차피 안 보일 걸 하던 대로 만들죠."라고 했던 기판 설계자에게

너무 일찍
성공했어

잡스는 완벽주의자였어요. 원하는 게 나올 때까지 팀원들을
재촉해 일주일에 90시간씩 강도 높게 일하도록 했어요.
그리고 드디어 1983년 리사컴퓨터가 나왔죠.
리사는 잡스의 역량이 총집결됐다고 해도 과언이 아니었어요.

리사 팀의 한 직원

스물다섯 살에 억만장자가 된 잡스

1980년 12월 둘째 주 금요일. 애플 주식이 시장에 처음 공개되었어요. 애플 주식 460만 주는 1시간 만에 다 팔렸어요. 사상 초유의 공모 기록이었어요. 1950년에 자동차 회사 포드가 주식 공개를 한 이래 신청율이 가장 높았죠.

그 뒤 투자자들이 애플 주식에 열광적으로 몰리면서 주가는 30배 가까이 폭등했어요. 애플의 창업자이자 최대주주인 잡스는 하루아침에 억만장자로 등극했어요. 스티브 워즈니악과 마이크 마쿨라 역시 갑부가 됐어요. 750만 주의 주식을 갖고 있던 잡스는

나이 스물다섯에 2억 1700만 달러를 소유한 거부가 됐어요. 그는 미국에서 가장 젊은 억만장자였어요.

잡스는 엄청난 부자가 됐지만 회사에서는 직원들로부터 크게 인심을 잃었어요. 주식을 상장하기 전 정해진 가격에 주식을 살 수 있는 스톡옵션stock option ●을 나눠줬는데 그때 일부 사람들에게만 줬거든요. 그는 창업 멤버라고 하더라도 애플의 발전에 도움이 된 사람과 그렇지 않은 사람을 확실히 나눴어요.

제외된 사람 중에는 오랜 친구이자 창업 멤버인 페르난데스도 포함돼 있었어요. 보다 못한 워즈니악이 자신의 주식 8만 주를 제외된 사람들에게 무상으로 나눠주는 일도 생겼죠.

잡스는 이런 일에 왜 이렇게 냉정했을까요? 온갖 마음고생을 다 겪고 다른 사람에게 아쉬운 소리를 해가면서 사업을 성공시킨 CEO들에겐 차갑고 비정한 구석이 있게 마련이죠. 지금은 자선사업가로 존경받는 빌 게이츠도 창업 초기에는 "내가 왜 자네들에게 월급을 줘야하는 거지?"라는 말을 자주 했으니까요.

잡스의 인간관계 역시 차가운 면이 있었어요. 자신의 사람과 아닌 쪽을 확실히 나눴죠. 《아이콘, 스티브 잡스》라는 책을 쓴 제프리 영Jeffry S. Young이라는 기자는 잡스의 기질에 대해 이렇게 썼

● 스톡옵션(stock option): 기업이 임직원에게 일정 수량의 자기 회사 주식을 일정한 가격으로 매수할 수 있도록 권리를 주는 것.

새로운 미래를 찾은 방황의 10년

어요.

"잡스의 세계에 속하려면 모든 면에서 그에게 충성을 다해야 한다. 그렇지 않으면 평생을 잡스 세계의 시베리아 유형지에서 보내야 한다."

잡스와 함께 일하기란 쉬운 일이 아니었어요. 그는 충성심뿐 아니라 최고의 재능과 성과도 요구했죠. 과정은 별로 중요하지 않았어요. 그 자신이 그렇게 살았기 때문이에요.

잡스는 이런 기준을 자신에게도 적용했어요. 엄청난 부자가 됐지만 만족하지 못했죠. 왜냐하면 누가 봐도 애플컴퓨터의 핵심인 애플Ⅰ, 애플Ⅱ는 워즈니악이 만든 거였으니까요. 그가 없었다면 결코 애플Ⅰ, 애플Ⅱ의 성공은 없었겠지만 그는 기술적인 부분까지 욕심을 냈어요. 자신만의 컴퓨터를 만들고 싶었죠. 잡스는 자신의 이름을 걸고 직접 컴퓨터를 만들어야겠다는 생각에 휩싸이기 시작했어요.

여기에는 또 한 가지 이유가 있었어요. 잡스의 독불장군식 일 처리 때문에 직원들 사이에 불만이 많아지자 최고경영자였던 마쿨라와 스콧이 잡스를 배제하고 직원들에게 직접 지시를 내리게 된 거예요. 회사 안에서 잡스의 자리가 점점 좁아졌죠. 그는 초조해지기 시작했어요.

나 아니면 안 돼! 처참한 실패

그는 '내가 없으면 안 된다'는 것을 증명하기 위해서는 애플Ⅱ를 능가하는 혁신적인 컴퓨터를 개발해야 한다고 생각했어요. 자신을 입증해야 한다는 초조함에 빠지게 되면 대개 사람들은 갖고 있던 장점을 잃어버리게 돼요. 잡스도 예외는 아니었어요.

잡스는 오직 자신만이 가능한 컴퓨터를 만들겠다는 야심에 불타올랐어요. 예전에 자신은 기획만 하고 개발은 워즈니악이 했지만 이제는 자신이 직접 팀을 만들고 개발을 진두지휘하기로 했어요. 아이러니하게도 그는 새로 만들 컴퓨터에 딸 이름 '리사'를 붙이기로 했죠. 뒤늦게 딸에 대한 보상심리가 작용한 것일까요?

당시 첨단 컴퓨터의 요람인 제록스 팰러앨토연구소PARC를 방문한 뒤 잡스의 새로운 컴퓨터에 대한 욕구는 더 커졌어요. 잡스는 이 연구소에서 퍼스널 컴퓨터의 역사를 바꿀 신기술을 접했어요. 바로 지금 우리가 사용하는 방식, 즉 마우스로 파일을 클릭해서 프로그램을 실행하는 기술을 보게 된 거예요. 그 순간 잡스는 머지않아 세상의 모든 컴퓨터가 그런 방식으로 작동하게 되리라는 것을 간파했죠. 이처럼 뛰어난 기술을 개발하는 능력 못지않게 현재 있는 기술을 알아보는 안목이 매우 중요하답니다. 잡스는 특히 이 방면에 탁월했어요.

새로운 미래를 찾은 방황의 10년

1980년대 당시 컴퓨터는 일반인이 쓰기에 너무 어려워서, '사용하기 쉽게 만들어주는' 장치가 절실히 필요했어요. 마우스는 이런 소비자들을 컴퓨터로 인도할 수 있는 강력한 수단이 될 수 있었어요. 이 기술을 팰러앨토연구소가 갖고 있었죠. 하지만 팰러앨토연구소는 이를 상업화할 생각을 못하고 있었어요. 잡스는 달랐죠. 시대가 뭘 원하는지를 동물적인 감각으로 알아차렸어요. 실행도 빨라 신제품에 재빨리 적용을 시켰어요.

"애플 경영자들은 달랐어요. 팝업 메뉴나 마우스 작동에 대해 꼬치꼬치 캐물었죠. 7년 동안 제록스연구소에서 일하면서 받은 질문 중 가장 수준급이었어요. 시연이 끝날 즈음 저는 경영진이 세부적이고 미묘한 사항까지 전부 이해하고 있는 애플로 회사를 옮기고 싶어졌답니다."

팰러앨토연구소의 래리 테슬러가 한 말이에요. 실제 그는 애플로 회사를 옮겨 과학최고책임자 직함을 받기도 했죠. 잡스는 이렇게 '핵심 기술'을 직접 확인하고, 누구보다 빨리 알아보고, 곧바로 적용하는 데 천부적이었어요.

팰러앨토연구소에서 얻은 영감은 곧 리사 프로젝트로 이어졌어요. 하지만 결정적인 실수를 하게 돼요. 자기 이름을 건 만큼 최고를 만들겠다는 과욕으로 고급 사무용 컴퓨터에 뛰어든 거죠. 정작 자신은 일반 소비자용 제품에 미적·실용적인 장점을 갖고

스티브 잡스를 꿈꿔 봐

있었는데도 말이죠.

그래도 출발은 좋았어요. "우주에 충격을 줍시다. 대단한 작품을 만들어 우주를 뒤흔들어놓읍시다!" 잡스는 애플Ⅱ 개발 때처럼 열정있는 팀원들을 독려하고 꿈과 비전을 심어주면서 호탕하게 출발했어요.

그로선 절실했죠. 회사 내 입지는 점점 좁아져서 사실상 모든 경영에서 배제된 채 리사 프로젝트 팀만 이끌고 있었으니까요. 리사 프로젝트는 반드시 성공해야 했어요.

게다가 잡스는 완벽주의자였어요. 원하는 게 나올 때까지 팀원들을 재촉해 일주일에 90시간씩 강도 높게 일하도록 했어요. 그리고 드디어 1983년에 리사컴퓨터가 나왔죠. 리사는 잡스의 역량이 총집결됐다고 해도 과언이 아니었어요.

"우리 모두 정신이 나가 있었죠. 우주를 바꾼다는 잡스의 비전은 대단했어요. 우리 모두를 그토록 몰입하게 만들었으니까요. 하지만 리사는 점점 주방의 싱크대가 되어갔어요. 컴퓨터로 할 수 있는 모든 것을 다 넣었으니까요. 결국 애초에 2000달러로 책정되었던 가격이 1만 달러가 되었죠. 게다가 무게는 23kg으로 옮기기도 힘든 수준이었어요." 당시 리사 팀원의 말이에요. 결국 잡스가 1년 내에 5만 대를 팔겠다고 장담했던 리사는 겨우 5000대도 팔지 못했어요.

새로운 미래를 찾은 방황의 10년

설상가상으로 회사가 야심차게 출시한 애플Ⅲ도 시장에서 외면당했어요. 거기에 리사까지 실패하자 애플사에 위기가 닥쳐왔죠. 애플은 회사를 다시 일으켜 세울 사람이 필요했어요. 잡스는 펩시의 최연소 사장 존 스컬리John Scully를 점찍었어요.

스컬리는 펩시를 콜라 업계 1위인 코카콜라의 강력한 라이벌로 끌어올린 인물이었어요. 블라인드테스트blind test✦ 결과 사람들이 코카콜라보다 펩시콜라를 선호했다는 광고를 내보내 단숨에 주목을 받았죠.

잡스는 즉각 존 스컬리를 찾아갔어요. 애플Ⅲ의 실패로 기존 경영진들도 힘을 잃었기 때문에 결국 잡스가 새 사장을 영입해야 했어요.

첫 만남에서 존 스컬리는 선뜻 내켜하지 않았어요. 컴퓨터에 대해 전혀 알지 못하는데다 훨씬 규모가 크고 인지도가 높은 펩시를 떠날 이유가 없었거든요.

하지만 잡스가 순순히 물러날 리 없었겠죠? 잡스는 망설이는 존 스컬리를 이 한마디로 설득했어요.

"진짜 중요한 일을 할 기회가 찾아왔는데, 기껏 애들한테 설탕물이나 팔면서 인생을 낭비할 생각입니까?"

✦ 블라인드테스트(blind test): 상표를 숨기고 제품의 선호도를 가리는 테스트.

펩시콜라의 CEO였던 존 스컬리를
애플 사장으로 영입한 스티브 잡스.

엄청나게 도전적인 말이었죠. 하지만 단순한 도발이 아니었어요. 잡스는 기업가라면 누구나 세상을 놀라게 할 만한 멋진 사업을 해보고 싶은 꿈이 있다는 것을 알고 있었어요. 숨어 있는 그 꿈을 건드리기 위해 일부러 자극적인 말을 한 거죠.

스컬리는 결국 애플의 사장이 되기로 했어요. 그로선 안정적인 대기업을 버리고 벤처기업의 사장을 택한 거나 마찬가지였어요. 잡스는 스컬리에게 100만 달러의 연봉과 100만 달러의 보너스, 그리고 100만 달러의 스톡옵션을 약속했어요.

사실 잡스가 스컬리를 적극적으로 추천한 데는 다른 이유도 있었어요. 그가 컴퓨터를 잘 모르기 때문에 자신이 그를 좌지우지할 수 있다고 생각했죠. 그동안 의사결정에서 밀려나 있었지만 존 스컬리가 사장이 되면 자신이 다시 애플의 실질적인 의사결정권자가 될 수 있을 거라 생각한 거예요. 하지만 잡스의 뜻대로 되진 않았어요. 존 스컬리는 그렇게 만만한 인물이 아니었으니까요.

노련한 스컬리는 잡스의 꼭두각시 노릇을 할 생각이 전혀 없었어요. 그럴 수도 없었고요. 애플은 경영이나 재정 면에서 한심한 상태였거든요. 침몰하는 배와 같았죠. 애플을 위해서라도 자신이 주도권을 잡을 수밖에 없었어요. 결국 잡스는 자신이 영입한 스컬리 때문에 위기에 처하게 돼요. 잡스의 입지는 갈수록 좁아지고 있었어요.

매킨토시 팀을 접수하다

잡스는 여전히 자신의 영향력을 확인하고 싶었어요. 자신이 만든 컴퓨터가 대중적으로 성공하는 것도 보고 싶었죠. 이때 잡스 눈에 들어온 것이 매킨토시 팀이었어요.

원래 매킨토시 프로젝트는 리사 프로젝트와 함께 시작됐어요. 애플 초창기 멤버였던 제프 래스킨Jef Raskin이 제안한 거였죠. 래스킨이 구상한 컴퓨터는 가격이 저렴하면서도 사람들이 쉽게 쓸 수 있는 컴퓨터였어요. 컴퓨터의 대중화를 위한 제품이었죠. 리사 프로젝트와는 정반대의 콘셉트였어요. 그는 이 컴퓨터에 회사 이름 애플과 어울리도록 매킨토시Macintosh라는 이름을 붙였어요.

이 이름은 인기 있는 사과 품종의 하나인 매킨토시McIntosh에 철자를 하나 덧붙인 것인데 나중에는 매킨토시 컴퓨터가 더 유명해져서 사람들이 종종 사과 품종의 철자를 헷갈려하곤 해요. 회사 이름이 애플이니까 사과 품종으로 컴퓨터 이름을 만드는 것도 그럴싸하죠?

리사 프로젝트를 진행할 때 잡스는 매킨토시 프로젝트는 거들떠보지도 않았어요. 당시 잡스의 목적은 세상을 깜짝 놀라게 하는 거였으니까요. 엄청난 기능과 화려한 외관의 리사를 준비하던 그의 눈에 평범하고 대중적인 컴퓨터가 들어올 리 없었죠.

새로운 미래를 찾은 방황의 10년

처음 래스킨이 매킨토시 프로젝트를 보고할 때 잡스는 격렬하게 반대했다고 해요.

"토스터 같은 컴퓨터예요. 추가 장치 없이도 혼자서 충분히 기능할 수 있어요. 300달러 정도로 저렴하게 가정용 컴퓨터를 만들어보는 거예요."

"이건 아냐. 리사에 방해만 돼. 애플에는 리사가 필요해."

잡스가 반대했지만 프로젝트는 시작됐어요. 잡스는 이것에 큰 불만을 품었어요. 그래서 리사 프로젝트로 매킨토시를 한 방에 꺾어놓겠다고 호언장담하기도 했어요.

하지만 리사 프로젝트가 크게 실패한 뒤 잡스의 마음이 달라졌어요. 토스터 같은 컴퓨터에 호기심을 느낀 것도 사실이었고, 자신의 역량을 보여줄 새로운 프로젝트가 절실했거든요. 잡스가 자신의 넘치는 에너지를 쏟아 부을 프로젝트로 매킨토시를 점찍게 되자 매킨토시 팀의 사기는 올라갔어요. 잡스의 지휘 아래 놓인다는 것이 두렵기도 했지만 한편으로는 회사의 관심과 지원을 전폭적으로 받는다는 사실에 고무되었던 거죠. 잡스는 자금, 장비 등 필요한 모든 것을 아낌없이 지원하는 리더였어요. 하지만 매킨토시 프로젝트를 주도했던 래스킨은 회사를 그만두고 말아요. 잡스가 리더가 된 이상 두 마리의 사자가 무리를 이끌 수는 없었던 거예요.

잡스는 3년 계획으로 추진되고 있던 매킨토시 컴퓨터의 개발 일정을 1년 반으로 앞당겼어요. 그리고 일주일에 100시간 이상 일하도록 직원들을 밀어붙였죠. 놀라운 것은 이렇게 밀어붙이고 독촉을 하는데도 팀원들이 별 불만 없이 계속 열심히 일했다는 거예요. 이유는 단순히 무리한 요구만 하는 게 아니라 동시에 엄청난 자부심과 사명감, 기대감을 불어넣었기 때문이에요.

잡스는 앉아서 지시만 하는 스타일은 아니었어요. 직접 직원들이 일하는 책상에 찾아가 '어떻게 하면 더 사용하기 편할지, 보기에 더 좋을지' 툭툭 착안점을 던지고 갔죠. 또한 사람들이 만족할 만한 사이즈, 편리한 사용감에 대해서는 아주 높은 수준을 요구했어요. 매킨토시 프로젝트에도 마찬가지였죠.

"매킨토시는 전화번호부 책 정도의 크기여야 해. 더 크면 다른 제품과 다를 게 없어. 소비자들이 원하는 건 더 작은 사이즈야. 외형도 마찬가지야. 사각형 박스에 신물이 나 있어. 왜 옆으로 퍼진 컴퓨터밖엔 생각할 수 없는 거지? 좀 얇고 높은 것도 있잖아."

디자인 회의에 들어간 잡스는 엔지니어와 디자이너들 앞에 전화번호부 책을 보여주며 이렇게 말했어요. 전화번호부 책은 당시에 나온 가장 작은 컴퓨터의 절반 정도밖에 되지 않았으니 불가능한 주문이라고 생각했지만 잡스에게 '안 된다'는 말은 통하지 않았어요. 팀원들은 머리를 싸맨 채 밤낮없이 혁명적인 컴퓨터에

새로운 미래를 찾은 방황의 10년

도전하게 되었죠. 이렇게 잡스에게는 주변 사람을 열의에 빠져들게 만드는 카리스마가 있었어요.

그래도 일정을 지나치게 앞당긴 것은 적지 않은 문제가 됐어요. 마감이 촉박해지자 잡스는 중대 결정을 내려요. 소프트웨어를 직접 제작하는 것은 무리라고 판단하고, 소프트웨어 제작을 외부에 맡기기로 한 거죠.

잡스는 자신의 요구대로 소프트웨어를 순발력 있게 만들어줄 회사로 마이크로소프트Microsoft를 꼽았어요. 그는 즉시 시애틀에 있는 마이크로소프트 본사로 날아갔어요.

빌 게이츠를 만났어

"향후 퍼스널 컴퓨터 시장을 어떻게 보십니까?"

빌 게이츠William H. Gates가 먼저 잡스에게 물었어요.

"아주 낙관적으로 보고 있습니다. 우리는 이 시장의 주요 고객을 교육 수준이 높고 진보적인 성향을 가진 중산층 가정, 대학생, 회사 중간 간부나 비서들이 될 것이라고 봅니다. 컴퓨터는 이들에게 정서적인 애착을 줄 겁니다."

"그런가요? 우리는 컴퓨터가 개인보다 기업이나 공공기관에 쓰일 거라고 봅니다. 실용적인 비즈니스 도구가 될 것이라고 보고 있어요."

빌 게이츠와 잡스의 의견은 이렇게 달랐어요. 그 자리에서 격렬한 논쟁을 벌일 정도였죠. 결국 잡스는 말로만 설득하는 것보다 직접 한번 보여주는 것이 낫다고 판단했어요. 매킨토시 프로젝트를 시일 내에 끝내기 위해선 어떻게든 빌 게이츠를 끌어들여야 했거든요.

"매킨토시의 정수를 말로 표현하기는 어렵습니다. 어떠신가요. 쿠퍼티노에 있는 우리 연구소로 오셔서 매킨토시가 얼마나 대단한 컴퓨터인지 한번 보시죠."

빌 게이츠도 매킨토시가 궁금했어요. 결국 애플연구소에 들러 매킨토시를 직접 눈으로 확인했죠. 빌 게이츠도 잡스의 저가 매킨토시에 매력을 느꼈어요. 큰 성공을 거둘 수도 있겠다고 판단했죠. 빌 게이츠는 잡스의 제의를 수락했어요.

잡스는 빌 게이츠를 끌어들임으로써 기일 내에 매킨토시를 개발할 수 있었어요. 그 덕에 매킨토시는 상업적인 성공을 거두게 되고요. 하지만 소프트웨어를 직접 개발하지 않고 외주를 주는 바람에 마이크로소프트의 영향력은 더욱 커졌고 이는 훗날 애플이 IBM과의 경쟁에서 패하는 결정적인 계기가 되기도 해요. IBM이 퍼스널 컴퓨터 시장에 진출하면서 마이크로소프트와 연합전선을 구축하거든요.

새로운 미래를 찾은 방황의 10년

자기가 만든
애플에서 쫓겨나다

'내가 잘할 수 있는 일은 새로운 제품을 만드는 거야.

세상을 놀라게 하고 사람들의 삶을 변화시키는 혁신적인 제품을 만들어야 해.

끝난 게 아니야. 내겐 아직 할 일이 있어.

애플은 이제 나에게 맞지 않을 뿐이야. 애플에서 보낸 10년은

내 삶에서 최고의 날들이었어. 후회는 하지 않아.'

애플을 떠나기로 결심한 스티브 잡스

IBM을 환영합니다

잡스가 마이크로소프트와 손잡고 매킨토시를 개발하고 있던 여름, 소문만 무성하던 IBM의 컴퓨터 시장 진출이 현실화되었죠. IBM은 매우 인상적인 퍼스널 컴퓨터를 출시해요. 그때까지 개발 단계에 있던 매킨토시 팀은 긴장하지 않을 수 없었죠.

매킨토시 팀은 발빠르게 IBM 컴퓨터를 구입해 분해해봤어요. 그러곤 모두들 안심했죠. IBM 제품이 생각보다 평범하다고 판단했던 거예요. 덩치는 큰데다 투박했고 새로운 기술이 적용되었다고 볼 수도 없었어요. 사용법도 결코 쉽지 않았어요. 여러 면에서

매킨토시에 비해 한참 뒤떨어져 보였죠.

잡스는 자신감이 넘쳤어요. IBM의 컴퓨터 기술을 무시했기 때문이에요. 애플은 독선과 아집이 두드러지는 문체로 회사의 엘리트주의를 만천하에 과시한 유명한 광고를 전국 신문에 실었죠.

"진심으로 IBM을 환영합니다! 35년 전 컴퓨터 혁명 이래 컴퓨터 시장은 가장 흥미롭고 중요한 곳이 되었습니다. 또한 여러분의 첫 번째 컴퓨터 탄생을 축하합니다. 개인이 컴퓨터를 갖게 되면 일하고, 생각하고, 배우고, 소통하고, 여가를 즐기는 방법을 향상시킬 수 있습니다. 컴퓨터 사용 능력은 이제 책 읽기나 글 쓰기와 같이 인간의 기본 기술이 되어가고 있습니다. (중략) 미국의 컴퓨터 기술을 전 세계에 보급해야 할 책임을 느끼면서 앞으로 귀사와 더불어 정정당당하게 경쟁하기를 원합니다. 그리고 여러분의 헌신적인 노력을 높이 평가합니다."

IBM의 10분의 1밖에 안 되는 회사의 광고치고는 지나치게 잘난 척하는 느낌이죠? 어쨌든 IBM의 퍼스널 컴퓨터 시장 진출은 애플에겐 기회였어요. 애플이 거대 기업 IBM의 유일한 경쟁사가 되는 순간이었거든요. IBM 덕분에 1981년 초만 해도 애플을 아는 미국인은 10%밖에 안 됐지만 연말에는 미국인의 80%가 알 정도로 인지도가 급상승했어요.

새로운 미래를 찾은 방황의 10년

게다가 애플은 오래된 강자에 맞서는 젊은 약자라는 이미지를 확고하게 굳혔어요. 수많은 회사들이 떠맡고 싶어하는 역할이죠. 미국 동부에 본사를 둔 보수적인 분위기의 IBM과 서부에 본사를 둔 젊고 자유로운 분위기의 애플은 뚜렷한 대비를 이뤘어요.

잡스는 IBM과의 경쟁을 즐겼어요. 마치 스스로를 IBM이라는 골리앗과 싸우는 다윗으로 여기는 것 같았어요.

"이제 애플과 IBM의 싸움이 시작됐습니다. 만약 우리가 실수해서 IBM이 승리하게 된다면 앞으로 20년간 컴퓨터의 암흑 시대가 도래할 것입니다. 컴퓨터 본체를 보십시오. IBM이 시장을 장악한 지난 15년 동안 컴퓨터 업계에 혁신은 없었습니다. IBM은 컴퓨터 산업에 새로운 기술을 도입한 적이 없습니다. 애플 Ⅱ에 새로운 포장을 했을 뿐이죠. 앞으로 IBM이 계속 시장을 장악한다면 더 이상의 혁신은 없을 겁니다."

아직 매킨토시 컴퓨터는 출시도 되지 않은 시점이었어요. 잡스와 매킨토시 팀은 하루 빨리 신제품을 출시해서 세상을 놀라게 하고 싶었어요. IBM 컴퓨터가 얼마나 고리타분한지 증명하고 싶었죠. 하지만 결과는 뜻대로 되지 않았어요.

1984년, 매킨토시 출시

"매킨토시는 첫해에만 50만 대 이상 팔릴 겁니다. 그리고 2년 동안 200만 대 이상 팔릴 것으로 자신합니다."

잡스는 매킨토시 출시를 앞두고 이렇게 호언장담했어요. 신문과 잡지도 새로 출시될 애플의 신형 컴퓨터에 대한 기대감을 숨기지 않았어요.

애플은 미국인들이 가장 좋아하는 슈퍼볼 경기 기간에 거액을 들여 대대적인 광고를 내보냈어요. 잡스와 존 스컬리는 매킨토시에 "회사의 운명을 걸었다"고 말하곤 했어요. 애플 I·II·III 시리즈를 벗어나 새롭고 획기적인 컴퓨터를 선보여야 하는 중요한 시기였기 때문이죠.

광고는 조지 오웰George Orwell의 《1984》란 소설을 본떴죠. 경쟁사인 IBM이 소설 속에 등장하는 독재자 빅브라더로 설정됐어요.

광고는 머리를 박박 민 죄수복 차림의 남자들이 강당에 앉아 빅브라더가 나오는 거대한 스크린을 멍하게 쳐다보고 있는 장면으로 시작돼요. 이때 매킨토시 티셔츠를 입은 금발의 젊은 여자가 강당으로 뛰어 들어와요. 스크린에 다가선 그녀는 커다란 망치를 던져 스크린을 산산조각 내요. 바로 이 순간 간단한 멘트가 흘러나오죠.

새로운 미래를 찾은 방황의 10년

1월 24일은 애플컴퓨터가

매킨토시를 소개하는 날입니다.

그때 당신은 왜 우리의 1984년이

조지 오웰의 1984년과 다른지 알게 될 겁니다.

이 광고는 사람들의 눈을 단숨에 사로잡았어요. 기존 광고와 완전히 차별화된 아주 독창적인 광고였죠.

잡스는 약속대로 1월 24일에 매킨토시를 출시했어요. 그는 기자들과 주주들, 직원들로 가득찬 회사의 연례 회의장에서 프레젠테이션을 했어요. 잡스는 완벽한 연설을 했고 모든 이들의 주목을 받았죠. 다음 날부터 주문이 폭주하기 시작했어요. 최초 100일 동안은 7만 대 판매라는 초기 목표가 달성되는 듯했죠.

하지만 초기 열풍은 오래가지 못했어요. 소프트웨어 면에서 마이크로소프트가 만든 부분을 제외하면 볼품이 없었던 거예요. 스크린도 작은데다 흑백이어서 실망했죠. 매킨토시를 사러 온 고객들은 IBM 컴퓨터와 비교하기 시작했어요.

월 매출은 1만 대 이하로 떨어져버렸어요. 거기다 매킨토시 팀원들 대다수가 회사를 떠나버렸어요. 자신들이 리사 팀에 비해 형편없이 적은 월급을 받으며 일했다는 사실을 나중에 안 거죠. 회사에 균열이 오고 경영진들은 잡스를 믿지 않기 시작했죠.

결론적으로 잡스는 고객이 원하는 것을 정확히 짚어내지 못했어요. 고객들은 마우스 색깔 따위에는 관심이 없었어요. 원하는 소프트웨어가 없다는 것에 분통을 터뜨렸죠. 애플 내부에서는 잡스에 대해 이런 평가가 나왔어요.

"그는 수천 마일 떨어진 지평선 너머를 볼 수 있었다. 하지만 그곳에 가는 길목 길목의 자세한 지형은 제대로 볼 줄 몰랐다. 이것이 그의 천재적인 재능이자 몰락의 원인이었다."

잡스, 현실 파악 좀 제대로 해

안타깝게도 잡스는 여전히 현실 파악을 못하고 있었죠. 심지어 애플을 완전히 장악하기 위한 작전에 들어갔어요. 먼저 그는 이사진들에게 자신이 영입한 존 스컬리가 무능하다고 보고했어요. 그리고 회사를 살릴 인물은 자기밖에 없다고 주장했죠. 하지만 아무리 설득력이 뛰어나고 카리스마가 넘치는 잡스라고 해도 대세를 뒤집을 수는 없었어요.

이사진은 그때 이미 잡스의 독선적인 스타일이 회사를 분열시키고 있다고 판단했어요. 잡스 몰래 그를 몰아낼 계획을 짜고 있었죠.

1985년 5월 28일, 존 스컬리는 잡스에게 전화를 걸었어요.

"잡스, 모든 게 끝났네. 나는 곧 조직 개편을 단행할 걸세. 이사회 투표를 통해서 자네의 권한을 박탈할 생각이네. 이건 나만의 생각이 아니야. 자네에게 더 이상 어떤 부서의 책임도 맡기지 않을 생각이네."

잡스는 분노했어요. 잡스와 워즈니악이 차고에서 시작한 애플은 10년도 되지 않아 미국에서 가장 빨리 성장한 컴퓨터 회사가 됐어요. 잡스는 실리콘밸리의 상징이었죠.

'그런데 나를 몰아낸다니?'

잡스는 참을 수가 없었어요. 자기 손으로 세운 회사가 자기를 몰아내려고 하는 거였어요. 그것도 자기가 직접 뽑은 사람들이 주동이 돼서 말이에요. 모든 것을 바친 회사에서 밀려난다는 것은 몹시도 고통스런 일이었어요.

잡스는 며칠 동안 두문불출하며 고민했지만 결국 조용히 회사의 뜻을 받아들였어요. 스컬리는 잡스에게 신제품 기획자라는 생소한 직함을 줬어요. 하지만 그에겐 직함만 있을 뿐 일은 주어지지 않았죠. 사무실도 애플 본사와 한참 떨어진 작은 건물에 따로 위치해 있었어요. 잡스는 이 사무실을 '시베리아'라고 불렀죠.

회사의 경영진들은 잡스를 노골적으로 모욕했어요. 잡스만 없으면 회사가 잘될 것처럼 행동했죠. 그래도 잡스는 회사를 위해서 뭐든 하려고 했어요. 자신이 만든 회사였으니까요. 아니 어쩌

스티브 잡스를 꿈꿔 봐

면 자신을 위해서인지도 몰라요. 상처 입은 마지막 자존심을 회복하고 싶어했었어요. 하지만 그에겐 아무런 권한도, 할 일도 없었어요.

시간이 흐르면서 잡스는 점점 깨달았어요.

'아, 애플은 더 이상 내가 있을 곳이 아니구나.'

하지만 그는 겨우 서른 살이었고 평생 쓰고도 남을 만한 돈이 있었어요. 조용히 은퇴하기엔 아직 너무 젊었죠. 다시 뭔가 새로운 것을 시도해야 했어요. 물론 애플이 아닌 다른 곳이어야 했죠. 그는 갖고 있던 애플 주식을 딱 한 주만 남기고 모두 처분했어요.

그는 무엇을 할 수 있을까를 놓고 계속 고민했어요. 그리고 결론을 내렸죠.

'내가 잘할 수 있는 일은 새로운 제품을 만드는 거야. 세상을 놀라게 하고 사람들의 삶을 변화시키는 혁신적인 제품을 만들어야 해. 끝난 게 아니야. 내겐 아직 할 일이 있어. 애플은 이제 나에게 맞지 않을 뿐이야. 애플에서 보낸 10년은 내 삶에서 최고의 날들이었어. 후회는 하지 않아.'

1985년 9월 17일 화요일, 노을이 붉게 물든 저녁이었어요. 잡스는 애플에 공식 사직서를 제출했어요. 애플의 창업자이자 늘 혁신을 꿈꾸는 몽상가이고 만능 재주꾼이며 미국 산업계의 신화적인 인물이었던 잡스가 서른 살이 됐을 때죠. 퍼스널 컴퓨터의

새로운 미래를 찾은 방황의 10년

열정적인 전도사로 지난 10년을 살아온 그가 이제 자기가 세운 회사에 사직서를 제출한 거예요.

그는 이사들에게 회사에 악의를 품고 있지 않으며 새 회사를 설립하려 한다고 밝혔어요. 애플 직원 몇 명을 데리고 가겠지만 애플과 경쟁하지는 않을 것이라는 약속도 했어요.

그의 잠재력을 알고 있던 애플 이사진들은 잡스에게 애플의 이사로 계속 남으라고 권유했어요. 그가 새로 시작하는 사업의 지분 10%를 애플이 사겠다는 제안도 했어요. 잡스가 새로 사업을 하는 것이 두려웠던 거죠. 하지만 잡스는 모두 거절했어요. 그는 완전히 새로운 곳에서, 애플을 잊고 새 출발을 하고 싶었어요.

"나에게 애플은 첫사랑이다. 모든 남자가 처음 사랑했던 여자를 기억하는 것처럼 나도 언제나 애플을 기억할 것이다."

자신의 전부였던 애플과의 결별에 대해 잡스는 집으로 찾아온 기자들에게 이렇게 낭만적인 표현을 써서 자존감을 지켰어요.

10년 전 워즈니악과 함께 망망대해로 떠나는 심정으로 애플을 창업했을 때처럼 잡스는 다시 막막한 기분으로 창업의 세계로 나왔어요. 주머니에 돈은 가득했지만, 이제는 그때와 같은 열정적이고 순수한 친구들이 없었죠. 잡스는 혼자가 됐어요.

실패 속에서
새로운 길을 찾다

"벨이 전화기를 발명할 때 시장 조사를 했나?
천만의 말씀. 시장 조사 따위는 필요 없어.
가장 중요한 시장 조사는 내가 무엇을 원하는가야."

넥스트 창업 후 스티브 잡스

다시 혼자가 됐어

그동안 잡스는 숱한 실패를 경험했어요. 하지만 애플Ⅱ의 어마어마한 성공에 비하면 자잘한 실패였어요. 또한 IBM과 싸우면서 생긴 이미지 때문에 잡스는 이미 IT업계의 스타로 자리하고 있었죠.

하지만 애플을 떠난다는 건 누가 봐도 잡스가 명백히 실패했다는 것을 의미했어요. 개인적으로는 치명적인 사건이었죠. 마치 숱한 전투에서 승리했지만 결정적인 전쟁에서 패배한 것처럼 보였어요.

새로운 미래를 찾은 방황의 10년

잡스는 원점에서 시작하기로 했어요. 다시 자기 자신에게 돌아가기로 한 거죠.

'내가 가장 잘할 수 있는 일은 무엇인가? 가장 훌륭하고 보람 있었던 일은 무엇인가? 오늘이 인생의 마지막 날이라면 나는 무엇을 할 것인가?'

잡스는 계속 이런 질문을 던졌어요. 샌프란시스코 인근에 있는 스탠퍼드대학교와 캘리포니아대학교 버클리캠퍼스의 도서관을 찾아 책을 읽고 사색에 잠기기도 했죠. 그러면서 점차 깨달았어요.

잡스의 일생을 움직인 것은 뭔가를 만들고 싶다는 욕구였어요. 그 뭔가는 항상 '박스'로 귀결됐죠. 잡스는 작은 박스 안에 놀라운 기능을 숨겨놓고 사람들에게 기쁨과 편의를 주고 싶었어요. 그 박스로 인해 사람들의 삶이 바뀌고 세상이 변화되는 것을 꿈꿨어요. 잡스가 처음 시도했던 사업도 블루박스였고 애플Ⅱ와 매킨토시는 그 결정체라고 할 수 있죠.

잡스는 여전히 '박스'를 만들고 싶었어요. 그래서 새 컴퓨터 회사를 만들었어요. 회사 이름은 넥스트NeXT 라고 지었어요. 잡스는 넥스트에서 실험실이나 대학에서 일하는 교수, 연구자, 과학자들이 쓰기에 적합한 고성능 컴퓨터를 만들고자 했어요.

잡스는 넥스트에서 완벽한 힘을 갖고 있었어요. 자신이 창업자이자 최대주주였고 곧 대표이사 사장이었어요. 그리고 유일한 존

스티브 잡스가 애플을 나와 창업한 넥스트(NeXT)는 실험실이나
대학에서 쓰기에 적합한 고성능 컴퓨터를 만드는 데 주력했다.

재였어요. 애플 시절 자신을 우상처럼 따르던 실력 있는 기술자들도 넥스트에 합류했어요. 애플에 사직서를 낸 지 불과 3개월 만이었죠.

완벽, 완벽, 완벽에 대한 집착

넥스트에서도 잡스는 모든 면에서 완벽을 추구했어요. 애플이 자신을 만든 것이 아니라 자신이 애플을 만들었다는 것을 증명하고 싶었죠. 여전히 잡스는 '애플'을 벗어나지 못하고 있었던 거예요. 또한 자신의 결점도 깨닫지 못했죠. 애플에서 겪었던 시행착오는 넥스트에서도 그대로 반복됐어요.

잡스는 시장이 원하는 제품을 연구하기보다 자신이 좋아하는 제품을 만들고자 했어요. 그는 종종 이런 말을 했어요.

"벨이 전화기를 발명할 때 시장 조사를 했나? 천만의 말씀. 시장 조사 따위는 필요 없어. 가장 중요한 시장 조사는 내가 무엇을 원하는가야."

놀랍게도 그는 자신이 원하는 것에 집중해서 제품을 만들고, 이를 통해 단숨에 새로운 시장을 창조해왔어요. 그가 '개척자, 창조자'라고 불리는 것도 이 때문이에요. 하지만 이미 형성된 시장에서는 약점이 될 수 있죠. 고객이 원하는 건 이미 정해져 있는데 엉뚱한 제품을 만들 수가 있거든요. 넥스트의 경우가 그랬어요.

넥스트 창업 초기에 잡스는 최고의 그래픽 디자이너를 고용해 회사 로고를 만들도록 했어요. 넥스트의 로고는 애플보다 더 미학적이고 강렬해야 했죠. 엄청난 돈이 투입됐어요. 잡스는 최고에겐 돈을 아끼지 않았어요.

그다음으로 잡스가 몰입한 건 세계적인 건축가를 고용해 넥스트 본사를 짓는 일이었어요. 컴퓨터를 만들 때처럼 잡스는 본사 건물을 지을 때도 디자인을 매우 중요하게 생각했어요. 넥스트와 관련된 모든 것은 잡스 자신을 보여주는 것이기 때문에 무엇 하나 대충 넘어갈 수가 없었죠. 덕분에 건물의 중앙 계단에만 100만 달러가 넘게 들어갔어요.

하지만 완벽에 대한 잡스의 집착은 넥스트의 제품 개발 일정에 방해만 될 뿐이었어요. 회사를 세우고 3년 동안 컴퓨터를 한 대도 만들지 못했으니까요. 그럼에도 불구하고 시장은 잡스에게 한껏 기대를 품고 있었어요. 언론도 열심히 그를 띄워주었죠. 뉴욕 월스트리트에 있는 애널리스트⁑들도 그의 가능성에만 무게를 실었어요.

넥스트의 투자자 중에는 텍사스 출신의 억만장자 로스 페로

애널리스트: 기업 분석가.

새로운 미래를 찾은 방황의 10년

Ross Perot도 있었어요. 당시 GM의 이사였죠. 잡스의 상상력과 열정에 깊은 감동을 받은 그는 직접 전화를 걸어 투자 의사를 밝혔어요.

"얼마든 말만 하시오. 나는 돈을 대겠소. 당신은 그 열정으로 세상을 놀라게 할 물건만 만들면 됩니다."

페로는 2000만 달러를 내고 넥스트의 지분 16%를 매입했어요. 충동적인 결정이라며 주변에서 만류하기도 하고 우려를 표시하기도 했죠. 하지만 로스 페로는 잡스를 굳게 믿었어요. 나중에 투자를 더 하기도 했어요.

일본의 대형 프린터 업체인 캐논Canon도 넥스트 투자에 동참했어요. 캐논은 넥스트 지분의 16.7%를 갖는 조건으로 1억 달러를 투자했고 몇몇 대학도 참여했어요.

루카스 감독이 그래픽 팀을 판다고?

"잡스! 혹시 애기 들은 거 있어?"

넥스트에서 한창 고성능 컴퓨터 개발에 몰두해 있을 때였어요. 애플의 앨런 케이로부터 연락이 왔어요. 그는 제록스의 팰러앨토

GM(General Motors): 세계 최대 자동차 업체 중 하나.

연구소에서 일하다가 잡스 때문에 애플로 옮겼던 사람이었어요. 잡스가 실력을 인정하는 친구 중 한 명이었죠.

"무슨 일인데?"

"조지 루카스George Walton Lucas Jr. 감독이 컴퓨터그래픽 부서를 판다고 하던데?"

"그래? 한번 만나봐야겠네."

"그쪽에 미리 얘기해놓을까?"

"아니, 내가 관심 있어한다는 말은 일절 하지 마. 단, 거기 엔지니어들은 좀 만나봤으면 좋겠는데 어떻게 하면 좋을까?"

"생라파엘로 가서 에드 캣멀Edwin Catmull, 앨비 레이 스미스Alvy Ray Smith, 존 래스터John Alan Lasseter 등을 만나봐. 완전 괴짜들이야. 루카스가 컴퓨터그래픽 팀을 판다고 하지만 사실은 이들을 파는 거나 다름없지."

잡스는 즉시 짐을 꾸려서 생라파엘로 갔어요. 그리고 그날, 잡스의 인생은 다시 한 번 바뀌게 된답니다.

마치 예전에 워즈니악과 컴퓨터의 세계에 빠져들던 때처럼 놀라운 경험을 했던 거죠. 잡스는 자신의 눈을 의심했어요. 이제껏 그처럼 선명한 디지털 사진과 놀랍도록 창의적인 동영상을 본 적이 없었거든요.

이날 잡스가 만난 사람들은 앨비 레이 스미스, 에드 캣멀, 존

새로운 미래를 찾은 방황의 10년

래스터 3명이었어요. 당시에는 실력에 비해 제대로 평가받지 못했지만 지금은 세계 애니메이션을 좌우하는 대가들이죠. 이들이 바로 애니메이션 기업 픽사Pixar의 신화를 만든 3인방이에요. 〈토이 스토리〉, 〈니모를 찾아서〉, 〈벅스 라이프〉, 〈인크레더블〉, 〈업UP〉 등 작품을 내놓을 때마다 세계 애니메이션 역사를 새로 쓰는 놀라운 인물들이죠. 그들이 훗날 이런 역사를 만들 수 있었던 것은 아마도 그때 잡스를 만났기 때문일 거예요.

잡스가 찾아간 곳은 허름한 창고였지만 그곳에는 컴퓨터그래픽의 천재들이 한데 모여 있었어요. 그들은 자체적으로 소프트웨어를 개발했어요. 더불어 하드웨어 제작 능력도 갖추고 있었죠. 이런 점이 잡스를 한껏 매료시켰어요. 그런데 그걸 조지 루카스가 팔려고 내놓은 거예요.

'당장 이 창고에 있는 사람들, 컴퓨터, 사소한 집기까지 모조리 사야 해. 최고들이 모여있는 곳이야.'

잡스는 마음속으로 이렇게 생각했어요. 그리고 조지 루카스를 찾아갔죠. 조지 루카스는 3000만 달러를 제시했어요.

'비싼 가격은 아니지만 훨씬 싼 가격에 살 수 있을 거야.'

잡스는 배짱을 부렸어요. 조지 루카스의 자금 사정이 급하다는 걸 알았거든요. 그래서 잡스는 때를 기다리기로 했어요. 급한 쪽이 먼저 움직일 것이라고 생각한 거죠.

최고의 그래픽 팀을 인수하다

조지 루카스는 세계적인 영화감독이자 제작자로 유명한 인물이에요. 잡스가 그를 만났을 당시 그는 아내와 이혼 소송 중이었어요. 위자료를 지급하기 위해 회사를 팔아야 할 처지였죠. 그는 주로 영화 관련 회사를 갖고 있었는데 손실을 최소화하기 위해 컴퓨터그래픽 팀을 팔기로 한 거예요.

잡스에겐 당장 이 팀을 살 현금이 있었어요. 훌륭한 컴퓨터 시스템과 소프트웨어, 그리고 뛰어난 인재들까지 한 번에 얻을 수 있는 쉽지 않은 기회였죠. 하지만 영민한 잡스는 조금 더 때를 기다리기로 했어요.

그런데 잡스에게 아찔한 순간이 왔어요. 조지 루카스에게 디즈니Disney가 접근한 거예요. 1500만 달러에 사는 대신 수익의 절반을 조지 루카스에게 주겠다는 조건을 걸었고, 조지 루카스는 이를 수락했어요. 이로써 모든 것이 끝나버리는 듯했는데 마지막 순간에 디즈니의 CEO인 제프리 카젠버그Jeffrey Katzenberg가 승인을 거부해버려요. 그래서 다시 잡스에게 기회가 오는 듯했죠.

그때 로스 페로가 다시 등장해요. 아까 넥스트에 투자를 많이 한 인물이라고 말했죠? GM의 이사였던 그는 네덜란드의 대형 가전 회사 필립스Phillips와 손잡고 조지 루카스의 그래픽 팀을 사려고 했어요. 3000만 달러에 거의 근접한 액수를 제안했죠. 하지만 공교롭게도 문서에 서명하는 날, 그가 GM 이사에서 물러나고 말아요. 조지 루카스로서는 갑자기 인수 예정자가 모두 사라지는 상황이 온 거예요.

그제서야 잡스는 여유롭게 등장할 수 있었죠. 조지 루카스로서는 만만한 협상가들이 모두 사라지고 아주 골치 아픈 협상의 귀재만 남겨둔 셈이었어요. 잡스는 한껏 여유를 부리면서 상대를 시간에 쫓기도록 만들었죠. 선택의 여지가 없었어요. 잡스는 당초 조지 루카스가 제시했던 3000만 달러의 3분의 1에 불과한 1000만 달러에 그래픽 팀을 인수할 수 있었죠.

가격이 떨어질 때까지 기다렸다가 단숨에 구매에 나서는 잡스의 인내심과 결단력이 성공을 거뒀어요. 가능성을 알아보고 때를 기다려 확실하게 투자하는 잡스의 사업가적 기질은 여기서도 발휘되었죠. 잡스는 정작 애니메이션을 만들 생각이 전혀 없었다고 해요. 단지 그는 컴퓨터 하드웨어와 소프트웨어 제작 회사를 샀다고 생각했지요. 하지만 존 래스터와 앨비, 에드 3인방의 꿈은 여전히 장편 애니메이션이었죠. 동상이몽이 시작된 거예요.

내가 애니메이션을 만들다니!

잡스가 보통 사람들과 다르다는 것이 여기서 드러나요.
제작 중단의 위기를 맞고, 스토리를 수정하고,
디즈니를 설득하는 그 와중에 픽사의 기업 공개를 준비했거든요.
당장의 생존을 장담하기도 힘든 판에 그는 다음 단계 구상을 마치고 있었죠.

픽사 창업 후 스티브 잡스의 면모

픽사Pixar의 탄생

잡스가 인수한 그래픽 팀의 앨비 레이 스미스와 에드 캣멀은 새 회사의 공동 창업주가 됐어요. 각기 4%의 지분을 소유키로 하고요. 잡스는 최대주주로서 92%를 소유하게 됐어요. 이들은 최첨단의 느낌을 물씬 풍기는 회사 이름을 짓고 싶었어요.

"픽셀Pixel에서 이름을 따 픽사Pixar라고 하면 어떨까?"

앨비 레이 스미스는 픽셀에 자신의 이름 이니셜 두 글자를Albe

 픽셀: 컴퓨터 화면의 가장 작은 단위.

새로운 미래를 찾은 방황의 10년

Ray Smith 조합해 회사 이름을 픽사Pixar라고 짓자고 제안했죠. 새로운 애니메이션 회사(물론 잡스는 컴퓨터 회사라고 생각했지만) 픽사가 탄생하는 순간이었어요.

회사는 만들어졌지만 서로 간의 생각 차이 때문에 사업 방향을 잡기가 쉽지 않았어요. 앨비와 에드, 래스터는 컴퓨터그래픽과 애니메이션에 관심이 있었고, 잡스는 컴퓨터 자체에 관심이 있었어요. 이들이 그래픽을 하기 위해 자체 제작한 전문가용 컴퓨터가 대단히 매력적이라고 생각했거든요.

잡스는 이 컴퓨터를 전문가 집단에게 팔려고 했어요. 의료계를 공략했죠. 미국 전역의 병원을 돌면서 이 컴퓨터의 필요성을 납득시키려고 했어요. 하지만 전문가용이라 의사들이 조작하기엔 시간이 매우 많이 걸렸죠. 대당 13만 5000달러라는 가격도 부담스러웠어요.

픽사를 창업한 게 1986년인데 1988년까지 2년 동안 고작 120대를 팔았어요. 픽사는 외부 투자자를 끌어들인 넥스트와 달리 잡스가 순전히 혼자서 투자한 회사였어요. 그래픽 컴퓨터 판매가 기대에 못 미치자 잡스는 이 회사의 최첨단 컴퓨터를 대량생산해서 수지를 맞추려고 했죠. 하지만 그게 완전히 어긋났어요.

 그래픽컴퓨터(graphic computer): 그림이나 도형, 사진, 게임 등을 보다 더 쉽게 표현하기 위해 만들어진 그래픽용 컴퓨터.

픽사는 초기의 부진을 딛고, 디즈니와 합작해서 만든
〈토이 스토리〉로 대박을 치게 된다. 〈토이 스토리〉는 스티브 잡스를
다시 억만장자로 만들어준 일등공신이 되었다.

잡스도 돈에 쪼들리기 시작했어요.

'더 이상은 못 버티겠다'는 생각이 들었을 때 잡스는 긴급 회의를 소집했어요. 구조조정을 하기 위해서였죠. 심혈을 기울여 선발한 픽사의 인재들을 해고할 수밖에 없었어요. 하지만 앨비와 에드에겐 끝까지 양보할 수 없는 부분이 있었죠. 바로 시그라프 SIGGRAPH ✿에 출품할 애니메이션을 제작하는 거였어요.

〈틴 토이〉로 아카데미상을 타다

시그라프는 컴퓨터그래픽 분야의 최대 박람회예요. 픽사의 애니메이션 3인방은 루카스필름에 있을 때부터 이 행사에 출품할 작품 개발을 최우선시했죠.

이들이 1984년 루카스필름에 있을 때 출품한 〈안드레와 꿀벌 월리B〉는 단번에 세간의 이목을 집중시켰고 1986년에 출품한 〈럭소 주니어 luxo jr.〉 역시 이들의 역량을 유감없이 보여주었어요.

〈럭소 주니어〉에 등장하는 캐릭터는 스탠드 2개가 전부예요. 픽사 애니메이션이 시작될 때 화면에 등장하는 스탠드를 혹시 기억하나요? 그 스탠드가 바로 〈럭소 주니어〉의 캐릭터였어요. 존

✿ 시그라프(SIGGRAPH): 컴퓨터그래픽 전시회.

래스터는 이 무생물에 생명을 불어넣고 따뜻한 피를 흐르게 했죠. 인간이나 동물을 등장시키지 않고 희로애락을 표현한 최초의 애니메이션이었어요. 〈럭소 주니어〉는 상영되는 곳마다 화제를 몰고 다녔어요. 이 애니메이션이 아카데미 수상작 후보에 올라왔을 때 심사위원들은 입을 모아 이렇게 말했죠.

"이것이 컴퓨터그래픽 애니메이션의 모든 것입니다."

앨비와 에드, 래스터는 픽사에서 〈럭소 주니어〉를 뛰어넘는 애니메이션을 준비하고 있었어요. 그 와중에 잡스가 구조조정 회의를 연 거예요. 잡스가 회의를 끝내고 일어서려던 순간 이사로 있던 빌 애덤스가 입을 열었어요.

"잡스, 우리는 이걸 꼭 만들어야 해요. 이 애니메이션을 보고 나면 모두들 우리의 소프트웨어에도 관심을 가질 겁니다."

물론 픽사 엔지니어들의 궁극적 관심은 소프트웨어 판매가 아니었어요. 애니메이션으로 승부를 보는 거였죠. 하지만 잡스를 설득하기 위해선 소프트웨어를 걸고 넘어져야 했어요.

잡스는 잠시 침묵했어요. 바로 직전에 구조조정을 했는데 다시 그만큼 돈이 들어가는 투자를 해야 한다니 그럴 수밖에 없었죠.

"스토리보드는 있겠죠? 한번 보도록 합시다."

 스토리보드(storyboard): 주요 장면을 그림이나 사진 등으로 정리한 것. 스토리보드만으로도 대략의 흐름을 알 수 있다.

새로운 미래를 찾은 방황의 10년

존 래스터는 공들여 준비한 스토리보드로 잡스를 설득했어요. 분명 〈럭소 주니어〉를 뛰어넘는 작품이 될 것 같았어요. 잡스의 직관에 딱 꽂히는 작품이었죠. 결국 잡스는 두말 않고 지갑을 열었어요. 이 작품이 바로 애니메이션의 새 지평을 연 〈틴 토이Tin Toy 〉였어요.

〈틴 토이〉가 아니었으면 아마 픽사는 다음 작품을 내놓지 못했을 거예요. 또한 디즈니가 픽사와 손잡을 일도 없었겠죠. 잡스의 운명도 어떻게 됐을지 모르는 일이고요. 〈틴 토이〉는 그해 단편 애니메이션 부문에서 아카데미상을 거머쥐었어요. 100% 컴퓨터로만 제작한 애니메이션으로는 최초의 수상이었죠.

잡스는 제작자의 자격으로 시상대에 올랐어요. 난생처음 아카데미 시상식에 참석해서 상을 탄 경험은 그에게 새로운 자극을 주었어요. 비로소 그는 애니메이션의 가능성을 실감했던 거예요.

잡스의 예측과는 달리 픽사의 그래픽 컴퓨터를 사려는 사람은 없었어요. 하지만 픽사가 만든 애니메이션은 누구나 보고 싶어했죠. 잡스는 자신도 모르는 사이 새로운 세계로 뛰어들었어요.

잡스처럼 자신의 느낌이 가는 대로 실수나 실패를 두려워하지 않고 몰입하다 보면 뜻밖의 방향에서 일이 확 풀리게 되는 경우

 틴 토이(Tin Toy): '양철 장난감'이라는 뜻. 〈토이 스토리〉의 전신이다.

가 있어요. 몰입의 결과는 대개 행운으로 찾아오죠.

똑같은 실수, 거듭되는 실패

1989년은 잡스와 넥스트, 픽사에게 정말 많은 일이 일어났던 해였어요. 그해 넥스트는 야심차게 준비한 기대작 '큐브Cube'를 선보였어요. 큐브는 '넥스트스텝'이라는 독자적인 운영체제를 갖고 있었고 인상적인 하드웨어와 소프트웨어가 장착된 세련된 은색 컴퓨터였죠.

첫 공개 행사에서 기자들은 이 새로운 컴퓨터의 우아한 디자인에 후한 점수를 줬어요. 최첨단 사양을 자랑하는 성능에 대해서도 칭찬을 아끼지 않았죠. 잡스의 완벽에 대한 집착이 드디어 결실을 보는 것 같았어요.

하지만 이번에도 문제는 가격이었어요. 수천 달러를 지불하고 큐브를 사겠다는 사람은 많지 않았죠. 잡스는 최고의 컴퓨터를 만들겠다고 욕심을 부렸고 그 때문에 가격이 천정부지로 치솟았거든요. 잡스는 애플에서 했던 실수를 똑같이 되풀이하고 있었어요. 독선적이고 불같은 성격도 변하지 않았어요. 자신의 실패와 실수를 인정하지 않으려고 한 점도 그대로였어요.

큐브는 거의 팔리지 않았어요. 하지만 이렇게 하드웨어 판매로 고전하면서도 넥스트는 소프트웨어 분야에서 새로운 시도를 감행해요. '마하Mach'라는 보다 진보된 운영체제를 갖춘 컴퓨터를 개발하기로 한 거죠. 그런데 재정난에 허덕이면서 개발한 이 소프트웨어는 결과적으로 넥스트를 살리게 돼요. 마하가 성공하기 직전까지 아무도 예상하지 못했지만요.

큐브가 처참하게 실패하면서 잡스는 눈물을 머금고 넥스트의 하드웨어 부문 전체를 매각하기로 했어요. 이미 넥스트의 창업 멤버들은 하나둘씩 회사를 떠난 상태였죠. 초기 투자자였던 로스 페로도 자금 지원을 중단한 지 오래였어요. 2억 달러 가까이를 넥스트에 투자한 일본의 프린터 업체 캐논은 넥스트의 하드웨어 부문을 인수한 뒤 잡스와 연락을 끊었어요.

픽사도 사정이 좋지 않았어요. 픽사의 그래픽 컴퓨터는 거의 팔리지 않았고 애니메이션은 최고의 평가를 받았지만 별로 돈이 되질 않았어요. 픽사 역시 소프트웨어로 연명하고 있었죠. 설상가상으로 창업 멤버인 앨비 레이 스미스가 잡스와 사소한 말다툼 끝에 회사를 떠나버려요. 잡스와 같은 꿈을 품고 그를 도왔던 사람들이 떠나가고 있었죠. 잡스는 또다시 벼랑 끝에 섰어요.

잡스에게 유일한 위안이 있다면 그것은 가정이었어요. 1989년 서른넷이 되던 해 잡스는 스탠퍼드대학교 경영대학원에서 만난 로렌 파월과 사랑에 빠졌어요. 로렌은 잡스보다 아홉 살이나 어렸지만 둘 사이에는 공통점이 많았어요. 둘 다 채식주의자였고 생활 방식도 비슷했죠.

당시 잡스는 대학원의 초청을 받아 강사로 연단에 섰죠. 그는 대학에서 강연 요청을 받을 때면 특별한 일정이 없는 한 기꺼이 수락했어요. 20대에게 자신의 경험을 들려준다는 것은 당장 돈을 버는 일보다 훨씬 큰 보람을 줬기 때문이었어요. 대개 청중을 1시간 이상씩 휘어잡으며 즉석연설을 즐기던 그는 당시에 갑자기 집중력을 잃고 말을 허둥대기 시작했죠. 강의를 듣고 있는 로렌 파월에게 반해버린 거예요.

로렌은 잡스와는 달리 유복한 집안에서 자랐어요. 펜실베이니아대학교에서 문학을 전공했고, 와튼경영대학원에서는 경영학 석사 학위를 받은 재원이었죠. 대학을 졸업하고 곧장 월 스트리트로 가서 메릴린치 자산관리팀, 골드만삭스 투자전략팀에서 일하기도 했어요. 스탠퍼드경영대학원에서 잡스를 만났을 때는 이탈리아 밀라노로 가서 유럽 예술사를 공부하고 돌아온 직후였죠.

두 사람이 1년 정도 사귀었을 때 로렌은 잡스에게 임신 사실을 알렸어요. 첫딸 리사의 임신 소식을 들었을 때처럼 잡스는 이번에도 도망치려고 했어요. 잡스는 여전히 아버지가 된다는 사실을 두려워했어요. 하지만 로렌은 잡스를 붙잡고 설득했어요. 마침내 그들은 1991년 3월 18일 요세미티국립공원Yosemite National Park

새로운 미래를 찾은 방황의 10년

에서 결혼식을 올렸고 6개월 뒤 아들이 태어났어요. 잡스는 아들 이름을 리드Reed라고 지었어요. 아이를 거부했던 초기와 달리 아들 리드를 낳아 키운 뒤 가족의 소중함을 알게 된 잡스는 리드 이후로 딸 둘 에린과 이브를 낳아 다복한 가정을 이루었어요.

잡스는 아이를 낳아 키우면서 인생의 전환점을 맞이하게 돼요. 여기에는 성숙하고 현명한 아내의 도움도 컸죠. 주변 사람들을 대하는 태도나 사업을 운영하는 방식 면에서도 훨씬 여유로워졌어요. 10대엔 이기적이고 유치한 면이 있었고 20대엔 자신감에 차 오만했다면 30대의 잡스에겐 포용력이 생긴 거죠. 정도의 차이는 있겠지만 누구나 이 같은 인격적인 변화를 겪는답니다.

언젠가 인터넷 창업 열풍에 대해서 어떻게 생각하느냐는 질문을 받았을 때 잡스는 아이를 낳는 일에 빗대어 이렇게 말하기도 했죠.

"아이를 낳는 일도 기적 같은 일이지만 그 아이들이 잘 자라게 하는 것은 무엇보다 소중한 일입니다. 회사도 마찬가지입니다. 인터넷 창업 열풍의 문제점은 많은 사람들이 창업에 나서는 자체가 아니라 사업을 시작해놓고 금방 내팽개치는 것입니다."

잡스는 넥스트와 픽사를 운영하면서 말로 하기 힘들 정도로 어

 요세미티국립공원(Yosemite National Park): 미국 캘리포니아 주에 있는 국립공원.

려운 시기를 보냈어요. 하지만 직원을 해고해야 하는 상황에서도 회사에 대한 희망을 버리지 않고 사업을 계속하고 확장할 방법을 찾았죠.

사실 1985년 애플에 사직서를 제출한 뒤 1995년 〈토이 스토리〉가 대박을 치면서 기사회생하기 직전까지의 10년은 잡스에겐 고난의 시기였어요. 언론의 조명을 받기도 하고 가끔씩 성공을 거두기도 했지만 대체로 실패로 점철된 10년이었죠.

이 시기에 정보기술IT 분야에 종사하는 사람들은 잡스를 "초반에 반짝 성공했다가 시장 흐름을 못 읽고 실패한 대표적인 사례"라고 말하곤 했어요. IBM과 마이크로소프트에 밀려 퍼스널 컴퓨터 시장에서 주도권을 완전히 잃었고 그 뒤로 하는 것마다 실패를 거듭했으니 무리는 아니었죠. 1990년대 중반까지만 해도 그는 '성공의 아이콘'이라기보단 '실패의 대명사'에 가까웠어요.

하지만 고난의 10년은 결코 헛되지 않았어요. 그 뒤에 이어진 드라마틱한 대반전과 성공 스토리의 기반이 이 10년간 다져지고 있었으니까요.

디즈니와 손잡다

잡스가 넥스트와 픽사에서 실패를 거듭하고 있을 무렵 디즈니

새로운 미래를 찾은 방황의 10년

조지 루카스 감독으로부터 인수한 그래픽 팀은
애니메이션 제작 회사인 픽사(Pixar)로 거듭났다.
픽사를 통해 스티브 잡스는 컴퓨터 영역에서 문화 전 영역의
창조자(크리에이터)로 발전하게 된다.

는 잇따라 컴퓨터 애니메이션에 도전했어요. 디즈니도 컴퓨터 애니메이션이 영화 산업의 미래가 될 것으로 예상했거든요. 그러나 애니메이션의 대표 회사로 손꼽히는 디즈니지만 컴퓨터 애니메이션 제작에는 소질이 없었어요. 최고의 실력자들이 없었기 때문이에요.

그 즈음 픽사의 존 래스터가 디즈니의 사장 제프리 카젠버그를 찾아갔어요. 두 사람이 만났을 때 디즈니는 컴퓨터 애니메이션 때문에 골치가 아픈 상태였고 픽사는 애니메이션을 만들 돈이 없었어요. 절묘한 타이밍이었죠.

"30분짜리 TV 애니메이션을 만들려고 합니다."

서로 상대방의 실력을 알기 때문에 다른 말은 필요 없었어요. 존 래스터는 제프리 카젠버그를 만나자마자 자신들이 하고자 하는 일에 대해 설명했어요.

"드디어 픽사에서 장편 애니메이션을 만드는군요!"

"디즈니에서 자금을 좀 지원해주셨으면 합니다."

카젠버그는 대충 용건을 알고 있었으면서도 시치미를 뗐어요.

"잡스가 넥스트에서 돈을 잘 벌고 있다고 하던데, 아닌가요?"

"우리는 외부 투자자도 필요합니다."

카젠버그는 내부 회의를 거쳐 픽사에 놀라운 제안을 했어요.

"디즈니가 자금을 대고 홍보와 배급까지 책임지겠습니다. 픽사

새로운 미래를 찾은 방황의 10년

에서 완전히 새로운 장편 애니메이션을 만들어주십시오."

스티브 잡스와 픽사에게는 구세주와 같은 제안이었어요. 그런데 그 뒤로 연락이 없었어요. 디즈니 내부에서 외주 제작에 반대하는 목소리가 높았기 때문이었어요. 디즈니는 그때까지 단 한 번도 자신들의 이름을 건 애니메이션을 외부 스튜디오에 맡긴 적이 없었거든요.

잡스는 고심 끝에 상대방을 교란하는 전략을 쓰기로 했어요. 마치 픽사가 디즈니 외에 다른 회사와도 미팅을 하고 있는 것처럼 보이게 했죠. 효과가 있었어요. 제프리 카젠버그가 잡스에게 직접 연락하고 찾아왔어요.

"디즈니와 일하고 싶다면 디즈니하고만 대화해야 합니다."

카젠버그는 이렇게 주장했어요. 카젠버그의 자세는 고압적이었지만 잡스는 일절 신경 쓰지 않았어요. 그 상황에선 필요한 자금을 최대한 좋은 조건으로 받는 것이 가장 중요했으니까요. 잡스는 그것에만 집중했어요. 그는 불리한 상황에 있으면서도 배짱을 부리며 상대에게 허점을 보이지 않았어요.

"우리는 디즈니에서 전체 영화 제작 비용과 마케팅 및 홍보 비용을 부담하길 바랍니다."

잡스는 요구 조건을 하나씩 꺼내놓았어요. 컴퓨터 쪽으론 자신 있었지만 영화 쪽으론 전혀 아는 게 없었기 때문에 이같이 큰 거

스티브 잡스를 꿈꿔 봐

래에서도 순전히 그의 사업적인 감과 직관에만 의존해야 했어요.

"좋습니다."

카젠버그가 순순히 동의했어요.

"어떤 사안이든 디즈니가 최우선입니다. 픽사는 순이익의 12.5%만 가져가게 됩니다. 비디오 판매나 장난감, 게임 등 관련 상품에서 벌어들이는 수익 또한 모두 디즈니에게 귀속됩니다. 영화는 한 편이 아니라 세 편까지 협력관계를 유지해야 하고요."

매표소 수익이야 인정한다 해도 부가 판권 수입까지 디즈니가 모두 갖는 것은 좀 지나치다는 느낌이 들었어요. 하지만 당장 하루가 급한 잡스로서는 별로 선택의 여지가 없었어요. 여기에는 상황이 변화되면 세부 협상은 다시 할 수도 있겠다는 생각도 들어 있었죠. 승부사 잡스다운 판단이었어요.

이렇게 해서 디즈니와 픽사의 역사적인 제휴가 성립됐어요. 잡스는 이 계약으로 자신을 옥죄던 몇 년간의 잇따른 실패에서 빠져나오게 돼요. 그리고 훗날 이로 인해 상상도 못했던 큰 성공을 거두죠. 하지만 아직은 넘어야 할 산이 더 많았어요.

픽사 상장으로 다시 억만장자가 되다

픽사는 첫 장편 애니메이션으로 〈틴 토이〉를 보강한 〈토이 스

새로운 미래를 찾은 방황의 10년

토리〉를 선택했어요. 그런데 스토리 전개를 둘러싸고 디즈니와 픽사 두 회사 간에 이견이 생겼어요. 제프리 카젠버그는 스토리보드를 들고 온 존 래스터 감독에게 이렇게 말했죠.

"뭐라고 콕 집어 말할 수는 없지만 스토리가 좀 늘어지지 않나요? 관객들은 아마 팝콘이나 먹을 거 같은데요."

오랫동안 애니메이션을 만들어온 디즈니는 주인공 우디의 성격이 매우 거칠어 어린이용으로는 적합하지 않다고 판단했죠. 하지만 존 래스터는 어디를 어떻게 손봐야 할지 감이 잡히지 않았어요. 논의가 지지부진해지면서 시간만 끌자 갑자기 디즈니가 제작 중단을 선언해버렸어요. 마른 하늘에 날벼락이었죠.

잡스가 직접 나섰어요. 자존심이 대단한 그였지만 디즈니의 불만을 해결해주지 않으면 자신과 픽사, 넥스트 모두가 망할지도 모른다고 판단했거든요. 엔지니어를 제외한 모든 픽사 직원들이 달려들어서 스토리를 수정했어요. 우디의 성격을 이해할 수 있는 실마리 몇 가지를 영화 초반에 넣기로 했죠.

다행히 이런 작업이 디즈니를 설득하는 데 도움이 됐어요. 디즈니는 제작 중단을 철회하고 다시 협업에 나섰어요. 만약 이때 〈토이 스토리〉 제작이 중단되었다면 우리는 역사상 가장 위대한 컴퓨터 애니메이션을 영영 만나보지 못했을지도 몰라요. 〈토이 스토리〉는 애니메이션 역사에 획을 그은 작품이고 그 뒤 모든 애니메이션의 본보기가 됐거든요.

잡스는 여기서도 보통 사람들과 달랐어요. 제작 중단의 위기를 맞고, 스토리를 수정하고, 디즈니를 설득하는 그 와중에 픽사의 기업 공개를 준비했거든요. 당장의 생존을 장담하기도 힘든 판에 그는 이미 다음 단계 구상을 마쳤어요.

사실 〈토이 스토리〉가 완성될 즈음엔 픽사와 넥스트 모두 숨이 턱까지 찬 상태였죠. 하루하루가 위태로웠어요. 〈토이 스토리〉로 1억 달러 이상 벌지 못하면 모두가 쫄딱 망할 수밖에 없었죠.

잡스는 이런 상황에서 주식시장에 기업 공개를 결정한 거예요. 10년 동안 변변한 수익을 내지 못한 신생 영화제작사를 주식시장에 상장한다는 것이 상식적으로 말이 될까요?

하지만 잡스는 승부사였고, 운도 따랐어요. 당시 미국 주식시장은 컴퓨터나 인터넷이란 단어만 들어가면 주가가 오르던 투기 열풍 시기였거든요.

픽사에겐 마침 '컴퓨터 애니메이션 제작사'라는 그럴듯한 타이틀이 있었어요. 비록 한풀 꺾이긴 했지만 스티브 잡스라는 스타 CEO가 건재하기도 했고요. 이래저래 외부 조건이 나쁘기만 한 것은 아니라고 판단했어요. 무엇보다 잡스는 〈토이 스토리〉에 자신이 있었어요. 자신을 믿고 밀어붙이는 그의 주특기가 또 다시 빛을 발한 거죠. 그는 과감하게 〈토이 스토리〉 개봉일 일주일 후

새로운 미래를 찾은 방황의 10년

를 픽사 상장일로 선택했어요. 운명의 시간은 그렇게 다가오고 있었죠.

1995년 11월, 막 크리스마스 분위기가 나기 시작하는 시점에 〈토이 스토리〉는 개봉됐어요. 개봉을 앞두고 유수한 언론인《워싱턴포스트The Washington Post》는 〈토이 스토리〉에 대해 이렇게 썼어요.

'꼭 봐야 할 영화, 꼭 얘기해야 할 영화, 꼭 다시 찾을 영화.'

더 이상 바랄 게 없는 칭찬이었어요. 그리고 그 기대감을 가득 안은 채 〈토이 스토리〉가 개봉됐어요. 애니메이션 역사상 이렇게 많은 화제를 불러일으키며 개봉된 작품이 있을까요?

〈토이 스토리〉는 개봉되자마자 전미 박스오피스 1위에 올랐고 그해 모든 영화를 통틀어 흥행 1위에 올랐어요. 전 세계적으로 3억 6000만 달러가 넘는 수입을 올렸고 할리우드가 만든 100대 영화의 반열에 올랐죠.

주당 22달러로 시작한 픽사의 주가는 하루 만에 39달러가 되었죠. 잡스는 다시 억만장자 대열에 합류했어요.

그동안 자금을 조달하느라 여러 번 고비를 넘겼던 이 고난의 회사는 단 한 번의 성공으로 할리우드에서 가장 주목받는 기업이 됐어요. 전 세계 애니메이션 스튜디오 중 최고의 블루칩이 된 것은 말할 필요도 없었죠. 오랜 시간 인내하고 투자한 잡스가 옳았

스티브 잡스를 꿈꿔 봐

다는 것이 만천하에 입증되었어요.

잡스는 애플에 이어 두 번째 값진 성공을 이뤄냈어요. 중요한 건 이번에는 혼자 이뤄냈다는 점이죠. 막대한 돈을 투자하고 거의 전 재산을 까먹다시피 하면서도 끝까지 버틴 그가 결국 10년의 고난 후에 보란 듯이 성공을 거둔 거죠.

더욱 중요한 것은 두 번째 성공을 애니메이션이라는 생소한 분야에서 이뤘다는 점이에요. 단순 애니메이션이 아니라 컴퓨터 애니메이션을 개척한 거죠. 잡스는 자신의 장기였던 컴퓨터에 애니메이션을 결합해 새로운 세상을 창조했어요.

이 과정을 거치면서 잡스는 매우 중요한 사실을 깨달아요. 자신의 관심사를 컴퓨터에만 한정할 필요가 없다고 생각하게 된 거죠. 〈토이 스토리〉의 성공은 어린 시절의 한정된 경험에서 벗어나는 계기가 됐어요. 애니메이션에 눈뜬 뒤 그는 좀 더 다양한 문화 현상에 관심을 갖게 됐죠. 잡스는 이미 픽사와 함께 하나의 문화 아이콘이 되어가고 있었어요.

새로운 미래를 찾은 방황의 10년

스티브 잡스처럼
프레젠테이션 하고 싶다면

스티브 잡스는 프레젠테이션을 아주 잘해요. 신제품이 나올 때마다 애플 마니아들은 잡스의 연설을 듣기 위해 새벽부터 긴 줄을 서곤 하죠. 몇 만의 청중을 울렸다 웃기는 그의 프레젠테이션 파일은 대학과 대학원 교재로 쓰일 정도예요. 그의 프레젠테이션 비법을 따로 연구한 책들만 전 세계에 수십 권이 나와 있답니다.

학교생활을 하다 보면 프레젠테이션을 하거나 수업 시간에 발표를 해야 할 때가 있죠? 회장 선거에 나간다거나 수행평가에서 조별 발표를 해야 할 때도 있을 거예요. '잡스라면 어떤 말을 했을까?' '잡스는 어떻게 프레젠테이션 페이지를 만들었지?' 이런 궁금증이 드나요? 여기 잡스 연설의 비결이 있어요. 그는 꼼꼼하게 현장을 점검하고, 발표 내용을 다 외워서 일상 언어로 말할 수 있을 정도로 완벽하게 준비를 한답니다.

1 연습 벌레, 할 말과 행동을 모두 외운다

대규모 프레젠테이션을 앞두면 잡스는 며칠 동안 거울을 보면서 연습한다고 해요. 마치 연기자가 대본을 외우며 연습하듯 철저하게 자신이 할 말과 행동을 익히는 거죠. 프레젠테이션을 할 때 머뭇거리거나 중간에 말을 멈추는 일이 거의 없는 것은 이런 철저한 준비 때문이에요.

2 완벽주의, 현장을 100% 파악한다

잡스의 프레젠테이션 두 번째 비결은 현장을 충분하게 숙지하는 거예요. 장소가 큰지 작은지, 무대 배경이 고전적인지 모던한지에 따라 조금씩 발표 내용이나 목소리 톤 등을 조절하는 거죠. 그래서 그의 프레젠테이션은 상황에 절묘하게 맞아떨어지고 현장성이 넘쳐나요. 감동을 줘야 하는 곳에는 감동을, 유머가 필요한 곳에는 웃음을, 즐거움이 필요한 곳에는 기쁨을 주죠. 그가 혼자서 떠들지 않고 관객과 호흡을 같이하면서 분위기를 맞추기 때문이에요.

3 한 줄짜리 헤드라인

'세상에서 가장 얇은 노트북' '아이팟 셔플은 껌 한 통보다 작습니다' '1000곡의 노래를 호주머니에' 이 헤드라인들의 공통점은 트위터처럼 한 줄, 한 호흡이라는 점이에요.

스티브잡스처럼 프레젠테이션 하고 싶다면

짧으니 외우기 쉽고 말하기 쉽겠죠. 제품의 특성이 명확하게 들어오고요. 당연히 입소문 내기에도, 블로그에 옮기기에도 좋아요.

잡스의 프레젠테이션은 이처럼 한 줄 헤드라인을 계속 반복해서 듣는 사람들을 세뇌시키는 것으로 유명해요.

4 숫자로 말하고, 쉬운 영어를 짧게!

네 번째 비결은 아주 간단한 영어와 확실하게 떨어지는 숫자로 구성되는 그의 발표 자료에 있어요. 중학생 수준이면 알 만한 영어를 짧게 끊어서 말하기 때문에 누구나 쉽게 알아들을 수 있죠. "6000만 대의 아이팟을 팔았습니다. 매일 2만 대씩 계속 팔렸다는 뜻이죠." 숫자로 알기 쉽게 풀어서 말하는 것은 스티브 잡스의 특기죠. 이제는 너무 유명해져서 모든 발표자들이 따라하고 있어요.

5 무대처럼, 연극처럼 원맨쇼를 하라!

다섯 번째 비결은 그의 원맨쇼 스타일에서 나와요. 그는 혼자서 발표하면서도 마치 둘 이상이 나와서 발표하는 것처럼 역할을 바꿔가면서 발표를 하곤 해요.

아이폰 프레젠테이션이 대표적이에요. "스마트폰은 키보드를 쓸 수 없잖아." 잡스는 이렇게 먼저 문제를 던져요. "그래서 우리가 해결했지." 마치 상대방이 있는 것처럼 대답을 해요. "마우스는 무리인데,

그러면 스타일러스 펜인가?" 다시 자문해요. "그래! 맞아. 스타일러스 펜이야!" 동의하는 것처럼 보이죠. 그러다가 갑자기 말투가 달라져요. "아니야! 도대체 누가 스타일러스 펜 같은 걸 원하겠어!" 그리고 잠시 정적이 흘러요. 그러면서 아이폰이 등장해요. 아이폰이 이 문제를 어떻게 해결하는지를 직접 손으로 터치하면서 보여주죠. 그의 연설에 사람들이 매료되는 것은 이처럼 생생하게 살아 있기 때문일 거예요.

6 알 듯 모를 듯, 신비주의

마지막으로 여섯 번째는 그의 신비주의 전략에 있어요. "이날을 2년 반 동안 기다렸습니다." 아이폰을 출시하는 프레젠테이션은 이렇게 시작해서 눈길을 끌었죠. 뭔가 보여줄 듯 말 듯하다가 끝에 가서 터트리는 게 잡스의 특징이에요. 이것이 가능한 것은 애플 내에서 CIA 수준의 철저한 보안과 정보 통제가 이뤄지기 때문이죠. 하지만 무작정 비밀주의만 선호하는 것은 아니에요. 아이폰4를 발표할 때는 미리 아이폰4의 케이스를 유튜브에 유출하기도 했죠. 모든 것을 감추지는 않고 예고편을 조금 흘려서 사람들이 관심을 갖게 만들죠. 프레젠테이션을 하기도 전에 프레젠테이션에 관심을 갖도록 하는 것. 그것이 잡스의 신비주의죠.

스티브잡스처럼 프레젠테이션 하고 싶다면

시대의 아이콘이 된 스티브 잡스

"리바이스 청바지는 생활 속에 녹아 있습니다. 때문에 그다지 의식하지 않게 되죠. 하지만 꼼꼼히 들여다보면 새삼 감탄스럽습니다. 또한 제품이 뭔가 말하고 있다는 느낌을 받습니다. 사람들은 어떤 제품의 디자인에 이렇듯 많은 생각과 감정이 담겨 있음을 무의식중에 알고 있습니다."

_아이팟 발표 후 "어떤 것을 '쿨하다'고 생각하느냐"는 〈뉴스위크〉 기자의 질문에

왕의 귀환, 애플로 복귀

애플로 돌아간 잡스는 예전의 활기를 잃어버린 채
나태한 직장이 되어버린 애플을 뿌리부터 바꿔야 했어요.
한편으로는 직원들의 사기를 북돋울 '당근'을 마련하고,
한편으로는 구조조정이라는 '채찍'을 휘둘러야 했어요.
애플 복귀 후 스티브 잡스의 면모

어려움에 빠진 애플이 나를 부른다

픽사가 우여곡절 끝에 대박을 터트린 순간에도 넥스트는 여전히 고전을 면치 못하고 있었어요. 1993년에는 전체 인력의 절반이 넘는 280여 명을 해고해야만 했죠. 잡스에겐 더 이상 투입할 돈도, 회사를 살릴 묘안도 없었어요.

잡스는 넥스트가 어려운 가운데도 계속 고집을 꺾지 않았어요. 시장에서 팔릴 만한 저가의 제품이 아니라 예술 작품에 가까운 우아한 컴퓨터를 만들었죠. 문제는 당시 컴퓨터 시장이 디자인보다 가격에 민감하다는 거였어요.

하지만 최고를 추구하는 잡스의 고집은 기대하지 않았던 분야에서 수익을 만들어주곤 했어요. 과거에 그랬던 것처럼 이번에도 엉뚱한 곳에서 해결의 실마리가 보였죠.

넥스트의 신형 컴퓨터 큐브는 겉멋만 든 비싼 컴퓨터였지만 그 안에 들어간 운영체제인 넥스트스텝은 실리콘밸리의 전문가로부터 찬사를 받았어요. 잡스가 최고의 인재를 뽑아 최고의 프로그램을 만들어놨기 때문이었어요.

앞에서 픽사가 계속 어려움을 겪자 잡스가 결국 픽사의 하드웨어 부분을 떼어내고 애니메이션 회사로 탈바꿈시켰다는 얘기를 했었죠? 넥스트의 경우도 크게 다르지 않았어요. 본래 회사명이 넥스트컴퓨터였는데 하드웨어가 부진하자 회사 이름을 넥스트소프트웨어로 변경하고 주력 상품을 넥스트스텝으로 교체했어요.

1994년, 주력 상품을 넥스트스텝으로 바꾼 뒤 넥스트는 처음으로 수익을 냈어요. 일단 한숨을 돌렸죠. 〈토이 스토리〉로 대박을 내기 전이라 무엇보다 회사를 살리는 게 중요했거든요.

그다음 해 초, 〈토이 스토리〉의 성공 직전에 잡스는 뜻밖의 보고를 받았어요. 애플의 임원이 넥스트의 엔지니어에게 소프트웨어 제공에 관한 협상을 요청했다는 내용이었어요.

애플이 넥스트에 관심을 보이다니! 생각도 못한 굉장한 일이었어요. 사정은 이랬어요. 애플은 그때까지 계속 IBM 컴퓨터에 참

시대의 아이콘이 된 스티브 잡스

패를 당하고 있었어요. 수익도 계속 줄었죠. 더구나 1995년에 IBM은 마이크로소프트의 윈도우95를 탑재해 시장을 장악하려 했죠. 윈도우95는 막강한 소프트웨어였어요.

애플은 마음이 다급했어요. 살아남기 위해서는 윈도우95와 견줄 만한 운영체제가 필요했어요. 그때 애플의 CEO인 길 아멜리오Gill Amelio의 눈에 들어온 것이 넥스트소프트웨어의 넥스트스텝이었어요. 애플 입장에선 힘들게 새 프로그램을 개발하느니 잘 만들어진 좋은 제품을 사는 게 최선의 선택이라 생각했겠죠. 뭔가 더 큰 혁신의 길이 열릴 수 있을 거라는 판단도 적용했을 테고요.

잡스는 당장 애플로 달려가 길 아멜리오를 만났어요. 1995년 말, 그가 애플을 떠난 지 10년이 되던 해였죠.

"넥스트는 어떤 거래도 받아들일 용의가 있습니다. 소프트웨어만 사가셔도 좋고, 회사 전체를 사셔도 좋습니다. 넥스트를 찬찬히 살펴보시면 아마도 소프트웨어뿐 아니라 회사를 통째로 사고 직원들을 모두 데려가고 싶을 겁니다."

아멜리오도 만만치 않은 상대였어요. 다른 회사를 끌어들여 넥스트와 경쟁을 붙였죠. 그래야 싸게 살 수 있으니까요. 하지만 인수 프레젠테이션에서 잡스는 특유의 유창한 말솜씨로 상대방을 완전히 꺾어버렸어요.

프레젠테이션이 끝난 뒤 아멜리오는 잡스를 따로 만났어요.

"주당 8달러 정도로 하면 어떨까요?"

"주당 12달러 정도는 말씀하실 줄 알았는데요."

아멜리오는 곰곰이 생각했어요. 넥스트를 인수하면 따로 소프트웨어 개발비가 들지 않는데다 컴퓨터 판매로 연간 5000만 달러의 매출을 얻을 수 있었어요. 게다가 300명의 뛰어난 인재도 확보할 수 있었죠.

"주당 10달러로 하시죠. 그 이상으로는 애플 이사진을 설득할 수가 없습니다."

협상이 이루어지자 아멜리오는 잡스를 애플의 '특별고문'으로 임명했어요. 1996년, 애플을 떠난 지 11년째 되는 해였어요. 세기의 이 협상은 언론의 비상한 관심을 끌게 돼요. 1976년 애플을 창업한 지 20년 만에, 애플을 떠난 지 11년 만에 다시 창업자 잡스가 복귀하는 '일대의 사건'이었기 때문이죠.

내가 만든 문화, 내 손으로 해체할 거야

"애플로 돌아가겠다는 결심이 쉽게 서지는 않았어요. 가서 실패한다면 명예롭지 못할 게 뻔했고, 또한 애플 상황이 얼마나 열악한지 제대로 알지도 못했죠. 하지만 이런 것들은 문제가 되지 않았어요. 애플로 돌아가 무너지기 직전의 회사를 살리고 싶다는

시대의 아이콘이 된 스티브 잡스

제 열정을 막을 수는 없었죠."

1997년 잡스는 연봉 1달러를 받기로 하고 애플로 돌아가게 돼요. 직위 또한 임시대표이사ICEO였죠. 그에게 보수는 중요하지 않았어요. 자신의 뜻을 펼칠 수 있게 된다면 그걸로 충분하다고 생각했죠.

당시 애플을 경영하고 있던 존 스컬리와 길 아멜리오 각각 경영학·공학·물리학 학위를 가진 최고의 엘리트들이었지만 애플을 하나의 문화로 끌어가는 데 실패했어요. 길 아멜리오는 경영 부실의 책임을 아랫사람들에게 떠넘기고 직원을 대량 해고하기도 했었죠. 당시 애플의 매출은 50% 이상 떨어진 상태였어요. 회사 내부에서는 자연히 혁신적인 CEO를 갈망하고 있었죠.

애플로 돌아간 잡스는 예전의 활기를 잃어버린 채 나태한 직장이 되어버린 애플을 뿌리부터 바꿔야 했어요. 한편으로는 직원들의 사기를 북돋울 '당근'을 마련하고, 한편으로는 구조조정이라는 '채찍'을 휘둘러야 했어요. 새로운 잡스는 이미 세 개의 다른 회사를 겪어봤기 때문에 회사의 조직과 재정 부분까지도 환하게 꿰뚫고 있었죠. 그가 가장 역점을 둔 부분은 경영과 관리였어요.

그는 평등주의 원칙에 따라 임원들에게 유리하게 짜인 스톡옵션 제공 방식을 직원들에게도 혜택이 돌아가도록 바꿨어요. 또한 전 직원에게 보너스로 주식을 제공했죠. 사원이 자사 주식을 갖게 되면 회사의 발전을 위해 열심히 일하게 마련이거든요.

잡스가 볼 때 애플의 가장 큰 문제점은 '한 배를 탄 운명 공동체' 의식이 없다는 거였어요. 애플의 문화는 자유분방했고, 정보 통제도 어려웠죠. 사실 그런 문화를 만든 사람은 잡스 자신이었어요. 그런데 이제는 스스로 그런 문화를 해체해야 했어요. 이 일을 할 수 있는 사람은 오직 한 사람, 잡스뿐이었어요.

잡스는 대대적인 조직 개편에 들어갔어요. 출장 시 비즈니스 클래스 이용과 경영진에 지급하던 특별 퇴직금 등이 허용되지 않았어요. 유급 휴가도 없앴고요. 회사에 개를 데려오거나 복도에서 담배를 피우는 일은 물론, 언론과의 사적인 접촉도 일절 금지됐어요. 잡스의 철권 통치가 시작된 셈이죠. 느슨했던 조직을 바로 세우기 위해서는 강한 규율과 일정 부분 조직원의 희생이 필요하다고 판단했기 때문이에요.

또한 잡스는 필요한 사람과 그렇지 않은 사람을 가려내는 작업을 해야 했어요. 10명에서 30명씩 팀 단위로 회의실에 모이게 해서 자신이 하는 일을 발표하게 했죠. 당시 애플은 지나치게 많은 종류의 상품을 출시하고 있었고, 어떤 상품 하나도 제대로 된 평가를 받지 못하고 있었어요. 이런 상품 라인을 정리하기 위해서는 가려내는 일이 먼저 진행되어야 했어요.

이는 분명히 공포정치라고 부를 수도 있을 거예요. 하지만 그

시대의 아이콘이 된 스티브 잡스

로 인해 회사는 다시 살아나기 시작했어요. 넥스트에서 실력을 인정받은 기술자들이 최고의 직책을 맡았고, 꼭 필요한 일에 예산과 인력을 집중하기 시작했어요.

잡스는 내부를 단속하는 한편 외부 이미지를 개선하는 데도 전력을 다했어요. 예전에 매킨토시의 전설적인 광고를 기획했던 레지스 매케너에 다시 연락해 애플의 새로운 슬로건을 만들게 했죠. 이 광고 회사는 '다르게 생각하라Think different'라는 문구를 들고 왔어요. 문법적으로는 맞지 않는 문장이지만 잡스의 맘에 쏙 들었어요. 이 광고는 마틴 루터킹, 마리아 칼라스, 피카소, 아인슈타인, 밥 딜런, 마하트마 간디 등의 영웅을 내세워요. 윈도우95와의 운영체제 전쟁에서 대패한 애플이 매킨토시 사용자들에게 '남들과 다르게 행동하라'고 설득하기 위해 시대를 앞서간 인물들을 등장시킨 거죠. 이 광고에 대해 잡스는 이렇게 설명했어요.

"그 사람의 영웅이 누구인지를 알면 그 사람에 대해 많은 것을 알 수 있죠. 우리가 누구이며, 어떤 가치관과 사명을 가졌는지 과감하게 알리기 위해 이 광고를 채택했습니다."

이미지가 재산이라는 것을 아는 잡스는 이 슬로건을 도입하고 1억 달러에 달하는 마케팅비를 아낌없이 쏟아 부었어요.

그리고 천재적인 디자이너 조너선 아이브를 발탁해 제품 디자인을 지휘하게 했죠. 1998년 1월, 잡스는 애플의 흑자 소식을 시장에 전했어요. 그가 애플에 성공적으로 복귀한 거예요.

인터넷 시대가 올 거야

잡스가 애플에 복귀해 바쁜 나날을 보내고 있을 때 픽사도 순항을 거듭하고 있었어요. 〈벅스 라이프〉(1998), 〈토이 스토리 2〉(1999), 〈몬스터 주식회사〉(2001) 등이 잇따라 대 히트를 치면서 픽사와 잡스는 큰 명성을 얻었죠. 그때까지 픽사는 '제2의 디즈니'로 불렸지만 그 즈음에는 '20세기의 가장 성공한 애니메이션 스튜디오'라고 칭해졌어요. 사실상 디즈니를 앞선 거예요.

임시대표이사직을 맡고 1년쯤 지났을 때, 잡스는 인터넷의 중요성을 파악해가고 있었어요. 애플을 새롭게 부각시키기 위해서는 인터넷 사용 기능을 강화해야 한다고 믿었죠. 잡스는 이 새로운 제품에 인터넷의 첫 글자 'I'를 따서 아이맥iMac이라는 이름을 붙였어요.

'컴퓨터는 아직 형편없어. 쓸데없이 복잡하기만 하지 사람들이 정말로 바라는 일은 못하고 있어. 자동차는 엄청나게 진화했고, 전화도 짜릿한 휴대전화 혁명을 맞이했잖아. 컴퓨터가 갈 길은 아직도 멀어.'

그는 컴퓨터 산업에서는 아직 충분한 혁신이 이뤄지지 않았다

시대의 아이콘이 된 스티브 잡스

애플로 돌아온 이후 스티브 잡스의 지휘 아래 탄생한
아이맥(iMac)은 이후 '애플 광신도'를 만든 계기가 되었고,
플로피 디스크를 없앤 가장 혁신적인 제품이었다.

고 생각했어요.

'내가 애플로 돌아온 목적은 정체기에 빠진 컴퓨터 산업을 되살리자는 거였어.'

잡스는 자신의 이런 목표를 아이맥을 통해 이루려고 했어요. 덧붙여 과거의 시행착오 두 가지도 바로잡았죠. 우선 부담스러운 사양 때문에 값이 터무니없이 높아지는 것을 경계했어요. 하지만 '스티브 잡스 표' 세련된 디자인만은 그대로 유지했죠.

다음으로 사전에 회사 기밀이 새나가는 것을 철저히 막았죠. 이렇게 보안을 철저하게 유지한 덕분에 애플 내부에서도 아이맥 출시에 대해 아는 사람이 거의 없었어요.

잡스는 기판과 모뎀, 플러그뿐 아니라 스피커와 모니터까지 본체에 통합시켰어요. 매킨토시 초기 시절로 돌아간 거죠. 이후 '플러그 앤 플레이plug&play'는 애플의 슬로건이 되었어요. 컴퓨터를 사서 전원만 꽂으면 바로 웹을 즐길 수 있게 하자는 거였어요.

당시 대개의 컴퓨터는 본체와 모니터를 분리시킨 천편일률적인 개념에서 벗어나질 못했어요. 애플Ⅱ가 출시된 이래 늘 똑같았죠. 매킨토시가 이를 일체형으로 바꾸려 했지만 당시엔 기술 수준이 따라가 주질 못했어요. 반면에 아이맥은 컴퓨터 이용에 필요한 모든 장치가 달걀 모양의 플라스틱 케이스 안에 내장된 일체형이었어요.

시대의 아이콘이 된 스티브 잡스

잡스는 필요한 부분에선 끝까지 고집도 부렸죠. 트렌드에 상관없이 플로피 디스크floppy disk 드라이브를 없애버린 거예요. 지금은 아무도 쓰지 않지만 그때는 컴퓨터마다 플로피 디스크 드라이브가 있었어요. 이는 외부 기억장치로 용량이 매우 작아 거의 쓸모가 없었죠. 잡스는 이 사실을 예민하게 간파했죠. '도대체 1MB짜리 플로피 디스크에 뭘 넣을 수 있다는 거지?'

잡스는 대신 CD롬 드라이브를 장착했어요. 파일은 인터넷을 통해 전송하면 된다고 생각했죠. 지금이야 누구나 다 그렇게 하지만 당시엔 혁명적인 일이었어요. 남들보다 최소 5년은 앞서간 거죠.

잡스의 이런 결정은 주위 사람들을 불안하게 했어요. 시장 조사 전문가보다 자신이 더 잘 안다고 생각한다는 점에서 하나도 달라지지 않았죠. 하지만 이번에는 그가 옳았답니다. 플로피 디스크는 시대착오적인 물건이 됐죠. 아이맥은 업계를 선도했고요.

아이맥으로 다시 기회를 잡다

1998년 5월 드디어 베일에 싸여 있던 아이맥이 출시됐어요. 이 신형 컴퓨터는 출시되자마자 놀라운 속도로 판매됐어요. 첫 한 달 동안에만 20만 대가 넘게 판매됐고 그해 말에는 한 달에 80만

대 이상 팔렸어요. 1년에 200만 대 이상 팔렸죠. 그 덕분에 애플은 다시 도약하게 됐어요.

아이맥은 이제껏 컴퓨터를 쓰지 않던 사람들을 컴퓨터의 세계로 이끌었죠. 애플 자체 조사에 따르면 아이맥을 구입한 사람의 30%가 "아이맥이 나의 첫 컴퓨터였다"고 답했으니까요.

애플은 이후 아이맥의 운영체제를 업그레이드하고, 자매품인 아이북ibook도 출시했어요. 아이북은 무선 네트워킹이 가능했기 때문에 고객들의 인기를 한몸에 받았어요.

잡스는 아이맥 출시와 함께 매우 충격적인 결정을 내렸어요. 당시 인기를 끌고 있던 PDA❦ '뉴턴'의 생산 라인을 없애기로 한 거죠. 업체마다 새로운 PDA 제작에 열을 올리던 시점에서 애플의 시장 주도 제품 중 하나인 뉴턴을 만들지 않겠다고 한 거예요. 주위에서는 잡스의 고집 때문에 아까운 제품이 사라졌다고 수근댔죠.

하지만 잡스는 PDA가 사양산업이라고 확신했어요. 과거 자신의 경험을 거울 삼아 소수만을 위한 제품은 예산과 시간 낭비라고 생각한 거죠. 무턱대고 대세를 따르기보다 자신의 경험과 직관을 더 믿었어요.

❦ 플로피 디스크(floppy disk): 컴퓨터 보조기억장치의 일종. 자성 물질로 입혀진 얇고 유연한 원판.
❦ PDA: 휴대용 정보 단말기.

시대의 아이콘이 된 스티브 잡스

잡스는 2001년 《포춘Fortune》의 브렌트 슐렌더 기자와 가진 인터뷰에서 뉴턴 제작 중단을 다음과 같이 설명했어요.

"우리가 팜◆을 버린 것에 대해 많은 사람들은 제정신이 아니라고 했어요. 사실 우리도 아주 깊이 고민했습니다. 하지만 팜이 정말 쓸모가 있는지, 회의실에 그걸 들고 나타날 사람이 몇이나 될는지 자문하기 시작했어요. 애플이나 픽사 같은 첨단 회사에서도 한때는 50%가 들고 다녔는데 그 1년 후에는 10%도 안 되었거든요. 열기가 금세 달아올랐다가 순식간에 식어버린 거죠. 하지만 음악은 달라요. 음악은 어쩌면 우리의 유전자 속에 있는지도 몰라요. 음악은 누구나 좋아하죠. 음악은 공상 속에만 있는 시장이 아닙니다."

잡스는 직관적으로 문화와 시장이 결합된 새로운 분야를 찾아냈어요. 바로 휴대용 음악 시장이에요. 컴퓨터와 애니메이션을 재패한 그가 이제 막 음악으로 눈을 돌리기 시작한 거죠.

음악이야말로 잡스가 가장 잘 아는 분야 중 하나였어요. 가장 좋아하는 밥 딜런의 가사는 거의 다 외우다시피 했죠. 비틀스의 광적인 팬이었고요. 드러머인 링고 스타가 실력보다 평가를 못 받고 있다고 친한 사람들마다에게 얘기하곤 했었죠.

◆ 팜: PDA의 일종.

잡스는 어떤 것을 결정할 때 항상 본질을 파고들었어요. 이번 결정 역시 마찬가지였고요. 좋은 음악을 언제 어디서나 듣고 싶은 것은 변하지 않는, 인간의 역사에서 항상 있어 왔던 욕구일 거예요. 그 욕구를 충족시키는 방향으로 서비스와 기기가 계속 진화할 것이라고 잡스는 믿었죠. 그리고 그 목표를 달성하는 데 가장 좋은 것이 그 당시로서는 MP3플레이어라고 생각한 거예요.

여기서 기획자로서의 잡스를 한번 살펴볼까요? 기획자는 날카로운 눈을 갖고 있어야 해요. 잡스가 PDA를 버리고 MP3를 선택한 것처럼 '사람들이 두 번째로 원하는 것'이 아닌 '첫 번째로 원하는 것'을 골라낼 수 있는 예리한 감각이 있어야 하죠.

기획자는 또한 오케스트라의 지휘자와 같아요. 그 어떤 악기도 직접 연주하진 않지만, 거의 모든 악기를 섭렵해야 하죠. 틀린 음을 정확히 짚어내고, 최상의 하모니를 위해 단원들을 호되게 훈련시키기도 해요.

잡스는 두말할 필요 없이 완벽한, 최고의 IT기획자였답니다.

시대의 아이콘이 된 스티브 잡스

아이팟으로
세상을 바꾸다

"단추를 세 번만 눌러서 원하는 곡을 찾을 수 있어야 합니다."

"메뉴가 눈에 금방 들어오지 않아요."

"매뉴얼을 읽지 않아도 사용법을 바로 알 수 있어야 해요."

"손에 잡을 때 느낌이 불편해요."

잡스가 일일이 지적한 사항을 거론하자면 끝도 없을 정도예요.

아이팟 개발 당시 스티브 잡스

아이튠즈를 구상하다

2001년 1월 9일 오전 7시. 미국 캘리포니아 주 샌프란시스코 모스콘센터Moscon Center앞에는 이른 새벽부터 줄을 선 사람들이 끝도 없는 행렬을 만들고 있었죠. 애플의 맥월드 컨퍼런스 앤 엑스포Macworld Conference and Expo가 시작되는 날이었어요. 맥월드는 매킨토시 컴퓨터 관련 박람회로 1997년에 시작되었죠. 스티브 잡스가 기조연설을 하는 것으로 유명해요.

6000명의 관중이 우레와 같은 함성과 박수 갈채를 보내는 가운데 무대 가운데로 천천히 잡스가 등장했어요. 이날 그는 획기적인 문화 상품 '아이튠즈iTunes'를 처음으로 공개했어요. 잡스가 픽사가 아닌 애플 발표회장에서 문화적인 영역으로의 진출을 밝힌 것은 그때가 처음이었죠.

"애플은 디지털 음악과 사진 분야로 컴퓨터 영역을 확장하고 있습니다. 아이튠즈는 애플의 새로운 디지털 허브가 될 겁니다."

아이튠즈는 매킨토시 사용자들을 위한 소프트웨어라고 할 수 있어요. 매킨토시 사용자들은 아이튠즈를 이용해 자신의 음악 CD에 있는 음악 파일을 컴퓨터에 복사할 수 있고, 언제든 재생해서 들을 수 있었죠. MP3에 있는 음악 파일을 컴퓨터에 다운로드 받을 수도 있었어요.

사실 아이튠즈의 이 같은 서비스는 애플이 처음 시도한 게 아니었어요. 이미 '사운드잼MP'라는 프로그램도 있었고 한국의 '소리바다'와 비슷한 무료 음악 파일 교환 프로그램 '냅스터Napster'도 있었죠.

잡스가 아이튠즈를 구상하게 된 계기 역시 회사 직원이 사운드잼MP의 급부상 소식을 전했기 때문이에요. 사운드잼MP는 복잡한 파일 전환 과정을 아주 쉽게 해줘서 시장에서 큰 주목을 받았어요. 사운드잼MP의 제작사인 캐스티 앤 그린C&G은 이 프로그램으로 연간 550만 달러의 수익을 거둬들이고 있었어요.

음악 시장의 잠재력을 누구보다 확신하고 있던 잡스에게 사운

시대의 아이콘이 된 스티브 잡스

드잼MP는 마치 금맥과도 같은 존재였어요. 그는 누구나 온라인에서 편하게 음악을 듣고, 관리하고, 공유하고 싶어한다는 걸 알고 있었죠.

잡스는 사운드잼MP를 만든 개발팀장과 개발자뿐 아니라 캐스티 앤 그린의 품질보증 팀 전원을 스카우트했어요. 애플만의 독특한 음악 서비스를 만들기 위해서였죠. 가능성이 보이면 모든 역량을 집중시키고 최고의 실력자를 과감하게 채용하는 잡스의 장점이 또다시 빛을 발한 경우였어요.

잡스는 아이튠즈 발표회장에서 불법 복제와 맞설 이 제품의 매력을 이렇게 소개했어요.

"불법 공유 소프트웨어를 띄워 노래를 찾으면 원하는 한 곡이 아니라 50개 이상의 곡이 찾아집니다. 어렵게 선택을 한 뒤 막상 다운로드를 하면 얼마 지나지 않아 다운로드가 멈춰버리죠. 이것을 달리 말하면 여러분은 겨우 네 곡을 받기 위해 1시간을 써야 한다는 계산이 나옵니다. 애플에서 구입하면 3.96달러인 노래에 1시간을 허비하다니요. 그렇게 되면 여러분은 최저 임금 이하로 일하는 셈입니다."

여기서도 중요한 것은 디자인이었어요. 잡스는 아이튠즈라는 온라인 프로그램에도 아름다운 디자인을 입혔어요. 애플이 만들면 어떤 것이든 편리하고 우아하고 예술적이라는 것을 다시 한

번 입증했죠. 이렇게 아이튠즈로 기반을 단단히 다진 잡스는 그
후 자신이 가장 좋아하는 하드웨어 분야로 눈길을 돌렸어요. 바
로 MP3플레이어죠.

왜 이것밖에 안 팔리지? MP3 혁명

잡스가 MP3플레이어 시장으로 눈길을 돌릴 즈음 시장은 이미
한국과 일본이 장악하고 있었어요. 잡스는 직원들에게 시장 현황
분석표를 요구했죠. 하지만 예상보다 시장이 크지 않았어요.

"어째서 이 정도밖에 안 팔릴까요?"

잡스가 물었어요.

"제대로 만든 제품이 없어요."

부사장 그레그 조슈악이 답했어요.

"이 제품들을 보면 제조 회사들이 소프트웨어를 너무 모르는
것 같아요."

잡스가 보기에 이 분야에서 경쟁력 있는 제품을 만드는 회사는
하나도 없었어요.

사실 MP3플레이어는 애플의 핵심 사업과 전혀 관련이 없었죠.
그런데도 잡스가 매력을 느낀 건 엄청나게 잠재력이 있는 시장이
라는 점과 미개척 분야라는 점이었어요. 무엇보다 소비자들이 이

시대의 아이콘이 된 스티브 잡스

분야에서 기존 제품들에 대해 진정한 만족감과 행복감을 느끼지 못하고 있었죠.

잡스는 과거 픽사를 1등 애니메이션 회사로 만들었던 때처럼 컴퓨터 아닌 분야에서 새로운 도전 의식을 느끼게 되었죠. 새로운 가치를 창출할 수 있는 시장이라고 여긴 거예요.

'매장에서 산 CD의 음악을 아이튠즈에 저장하고, 그것을 자신만의 플레이어에서 언제든 들을 수 있다면 얼마나 멋지겠는가!'

그가 이런 생각을 한 첫 번째 사람은 아니었어요. 하지만 이전의 그 누구도 소비자에게 완벽한 만족을 주지 못했어요. 냅스터처럼 소프트웨어만 만들거나 소니처럼 디지털 기기만 만들었기 때문이에요. 잡스는 둘을 다 만들되 완벽한 조화를 이루도록 했어요.

2001년초 아이튠즈를 선보인 애플은 그해 말 휴대용 MP3플레이어 '아이팟iPod'을 출시했어요. 손바닥 절반만 한 크기의 아이팟만 있으면 누구나 수천 개의 음악을 어디서든 들을 수 있었죠. 지금은 우리에게 너무도 익숙한 MP3플레이어 시장을 스티브 잡스와 애플이 연 거예요.

애플은 기존 제품들과 질적으로 다른 MP3플레이어를 만들었어요. 이 제품은 더 세련되고 더 우아하다는 정도로는 설명이 안 되었어요. 아이팟을 가진 사람들은 뭔가 달라 보였죠. 아이팟을

스티브 잡스를 꿈꿔 봐

평소 음악을 즐기던 스티브 잡스는 원하는 음악을 컴퓨터에서 다운로드 받아 어디서나 들을 수 있는 MP3에서 '시장 가능성'을 보았다. 극도의 완벽함을 추구하는 그의 집념은 가장 사랑받는 MP3를 만드는 구심점이 되었다.

시대의 아이콘이 된 스티브 잡스

가진 사람들끼리는 서로 동질 의식을 느꼈어요. 사람들은 아이팟을 하나의 기기로써가 아니라 하나의 문화로 받아들이기 시작했죠. 잡스가 제품에 영혼을 불어넣은 거예요.

잡스의 철학은 '그냥 좋은 제품 정도로는 안 된다!'였어요. 그 자체가 문화가 되고 아이콘이 되어야 했죠. 이를 위해 '극도의 완벽함'을 추구했죠.

"단추를 세 번만 눌러서 원하는 곡을 찾을 수 있어야 합니다."

"메뉴가 눈에 금방 들어오지 않아요."

"매뉴얼을 읽지 않아도 사용법을 바로 알 수 있어야 해요."

"손에 잡을 때 느낌이 불편해요."

"음량이 부족해요."

잡스가 일일이 지적한 사항을 거론하자면 끝도 없을 정도예요. 덕분에 개발자들은 밤을 새워 일하고도 잡스에게 지적당하기 일쑤였죠. 그 대신 소비자들은 이전에는 경험하지 못한 멋지고 편리한 MP3플레이어를 만날 수 있었어요.

아이팟은 2007년 말에 이미 누적 판매량 1억 대를 돌파했어요. 단일 기종으로는 세계에서 가장 많이 팔린 디지털 기기라 할 수 있죠. 잡스는 아이팟과 아이튠즈로 하드웨어와 소프트웨어의 강력한 결합을 실현시켰어요.

온라인으로 음악을 살 수 있다면?

아이팟이 승승장구하는 동안 잡스는 더 깊은 고민을 하고 있었어요. 'CD에 있는 음악을 아이튠즈에 저장했다가 들고 다니는 정도로는 안 돼. 온라인에서 음악을 구매할 수 있다면 불법으로 마구 거래되는 음악 시장도 정상화되지 않을까? 아이팟과 아이튠즈도 훨씬 더 많이 팔릴 게 분명해.'

잡스는 음악 시장의 진짜 수요가 온라인에서 음악을 사고파는 것에 있다고 생각했어요. 모든 것을 온라인에서 해결하는 것이 궁극적인 도달점이라고 봤죠. 하지만 음반 회사들은 이를 두려워했어요. 오프라인보다 가격이 싸질 게 분명한데다 마구잡이로 복제될 것을 경계했죠. 이미 냅스터를 이용한 음악 파일 불법 복제와 전송으로 이들은 골치를 썩고 있었어요.

잡스는 이들의 고민과 두려움을 잘 알았어요. 정면 돌파 외엔 방법이 없었죠. 일일이 음반 업계 사장들을 찾아가 설득 작업을 벌였어요.

"세상은 이미 디지털로 가고 있습니다. 음반 업계도 그 흐름을 거스를 수는 없습니다. 수천만 명의 음악 팬들이 음반 발매 당일에 돈을 내고 다운로드 받는 세상이 오고 있어요. 그것이 음악의 미래입니다. 그 미래는 여러분이 만들어가야 합니다."

시대의 아이콘이 된 스티브 잡스

놀라운 일이었어요. 다른 사람들의 설득에는 꼼짝도 않던 음반 회사 사장들이 잡스의 말에는 마음을 열었어요. 나중엔 자신만 뒤처질까 서둘러 계약하느라 난리가 날 정도였죠.

다른 사람에게는 불가능한 일이 어떻게 잡스에게는 가능했을까요? 두 가지 이유가 있어요. 우선 잡스 자신이 훌륭한 음악 애호가였기 때문이에요. 음악 팬의 입장에서 하나하나 장단점을 분석하니 음반 회사 사장들도 설득될 수밖에 없었죠. 또한 잡스는 매우 뛰어난 대화 능력을 갖고 있었어요. 상대의 두려움을 정확히 알고, 그 대안을 제시할 줄 알았죠. 미래를 보는 자신의 안목을 화려하게 어필하는 것도 그의 능력 중 하나예요.

잡스의 설득으로 대부분의 음반 업계는 이번 일에 동참하게 되었어요. 2003년 4월 28일 대망의 문을 연 아이튠즈 뮤직스토어는 곡 하나에 99센트의 값을 매겼어요. 문을 열고 18시간 만에 27만 5000곡이 팔려나갔죠.

저널리스트 피터 루이스는 이에 대해 이렇게 평했어요

"스티브 잡스는 거의 혼자 힘으로 음악 산업을 더 나은 미래로 끌고 갔습니다."

아이튠즈 뮤직스토어는 순식간에 음악 다운로드 시장의 70%를 차지했어요. 1년 만에 무려 8500만 곡의 판매 실적을 올렸고, 《포춘》에서 선정하는 2003년 히트 상품에 뽑히기도 했죠.

휴대전화도 다시 만들어야겠어

아무도 죽음을 원하지 않습니다.

천국에 가고 싶다는 사람들조차 그곳에 가기 위해 죽기는 싫을 겁니다.

하지만 죽음은 우리 모두의 종착지죠. 누구도 죽음에서 자유롭지 못합니다.

어쩌면 죽음은 삶이 고안해낸 가장 훌륭한 발명품인지도 모릅니다.

삶을 변화시키니까요.

스탠퍼드대학교 졸업식 축사에서 스티브 잡스

췌장암, 죽음의 기로에서

2004년 봄, 잡스는 몸이 좋지 않아 병원에서 검사를 했어요. 잡스의 몸을 촬영한 의사는 한 부분을 가리키며 이렇게 말했어요.

"이 혹 보이죠?"

췌장에 뚜렷한 혹이 있었어요. 잡스는 그때 췌장이라는 장기를 처음 알았어요. 그 혹이 무엇을 의미하는지는 더더욱 몰랐죠.

"유감스럽습니다만, 췌장암입니다."

췌장암은 암 중에서도 매우 치료하기 어렵다고 알려져 있어요. 발병 후 1년 안에 사망할 확률이 매우 높죠. 잡스는 기가 막

시대의 아이콘이 된 스티브 잡스

혔어요.

"어떻게 치료를 받으면 되나요?"

"죄송합니다. 길어야 3개월에서 6개월 정도입니다. 집으로 가셔서 가족들과 조용히 삶을 정리하시는 게 좋겠습니다."

잡스는 그날 하루 종일 자신에게 닥친 운명에 대해 생각했어요. 죽음은 언제나 예기치 않은 순간에 찾아온다는 것도 실감했어요. 하지만 그에게는 아직도 하고 싶은 일이 많았어요. 생이 얼마 남지 않았다는 것을 받아들이기 힘들었죠. 아내 로렌스도 이 소식을 듣고 슬픔에 잠겼어요. 잡스 부부는 이 사실을 어떻게 아이들에게 알려야 할지를 놓고 많이 고민했어요.

그런데 정말 놀라운 일이 생겼어요. 아내 로렌스가 병원에 가서 담당 의사를 만나 새로운 소식을 듣고 온 거예요.

"여보! 살았어요. 당신 종양은 좀 특이하대요. 수술이 가능할 것 같다네요."

2004년 8월 1일 일요일, 성공적으로 암 수술을 마친 잡스는 가족과 지인, 애플 직원들에게 한 통의 이메일을 보냈어요.

여러분께

여러분에게 전하고 싶은 개인적인 소식이 있습니다. 다른 사람을 통해서가 아니라 제가 직접 말씀드리고 싶어서 이렇게 이메일을 보냅니다.

지난 주말에 저는 췌장에서 종양을 떼어내는 수술을 성공적으로 마쳤습니다. 제 몸에 생긴 것은 췌장암 가운데에서도 1%에 불과한 희귀한 종양이라고 합니다. 전문 용어로 '세포신경내분비종양'이라고 한답니다. 이 종류의 종양은 조기에 발견하면(제 경우가 그렇습니다만) 외과 수술로 쉽게 제거할 수 있습니다. 화학 요법이나 방사선 치료도 필요하지 않습니다.

일반적인 췌장암은 선암⁕입니다. 현재로선 치료가 불가능해 진단 후 1년 정도밖에 살지 못합니다. 췌장암이라고 하면 흔히들 치명적인 선암을 생각하지만 제 경우는 다른 종류였습니다. 이 모든 것이 신의 가호 덕분이겠지요.

8월 한 달 동안 회복 기간을 갖고 9월에는 업무에 복귀하게 될 겁니다. 제가 자리를 비운 동안 팀 쿡이 애플을 경영할 것이니 별다른 차질은 없으리라고 생각됩니다. 아마 몇 사람에게는 8월 중 전화를 드릴 겁니다.

9월에 다시 만날 날을 고대하며

잡스 드림

잡스는 완치되어서 약속대로 업무에 복귀했어요. 하지만 항간에서는 그의 건강을 걱정하는 목소리가 높았죠. 췌장암의 경우 수술로 완치되더라도 그중 절반은 5년 내에 사망한다고 알려져 있거든요. 이 첫 번째 투병 이후로 5년 뒤인 2009년에 암이 재발

⁕ 선암(腺癌): 선(위·장·췌장·전립선·갑상선 등)을 구성하고 있는 세포에서 발생하는 암.

시대의 아이콘이 된 스티브 잡스

되어 두 번째 병가를 내게 돼요. 이때 간 이식 수술과 추가 암 치료를 받았다고 전해져요. 불행히도 '잡스 최고의 해'인 2010년을 갓 넘긴 2011년 초에 다시 세 번째 병가를 내고 치료에 들어갔으니 잡스에겐 '희귀암'이 어쩌면 가장 힘든 적수였는지도 모르겠어요.

삶은 기다려주지 않습니다

"아무도 죽음을 원하지 않습니다. 천국에 가고 싶다는 사람들조차 그곳에 가기 위해 죽기는 싫을 겁니다. 하지만 죽음은 우리 모두의 종착지죠. 누구도 죽음에서 자유롭지 못합니다. 어쩌면 죽음은 삶이 고안해낸 가장 훌륭한 발명품인지도 모릅니다. 삶을 변화시키니까요. 죽음이야말로 새로운 것이 낡은 것을 대체할 수 있도록 해줍니다. 지금은 여러분들이 새로운 세대입니다. 물론 언젠가는 여러분들도 낡은 세대가 되어서 새로운 세대에게 자리를 물려줘야겠죠. 너무 극적으로 들렸다면 죄송합니다. 하지만 사실입니다."

이는 2005년 6월 12일 스탠퍼드대학교 졸업식에서 잡스가 한 축사의 일부분이에요. 죽음과 삶, 그리고 세대 변화에 대한 그의 통찰력을 엿볼 수 있는 연설이죠.

잡스는 그때까지 앞만 보고 달려왔어요. 하지만 죽음의 문턱에서 자신의 인생을 돌아보고 다른 사람을 살펴볼 여유를 갖게 됐어요.

잡스는 기술이 세상을 바꿀 수 있다고 생각했어요. 인도 여행에서 그 사실을 처음 깨달은 뒤 줄곧 기술의 진화를 선도하며 살아왔죠. 하지만 수많은 실패를 겪고, 성공의 축배를 들어도 될 만한 순간에 죽음의 고비를 넘기면서 그의 생각은 좀 달라진 것 같아요.

결국 그는 기술보다 사람이 중요하다는 사실을 깨달았어요. 한 사람 한 사람의 경험이 모여 기술을 만든다는 사실과 자신의 내면에 있는 진정한 욕구에 귀 기울이는 법을 알게 된 거죠.

"삶은 여러분을 기다려주지 않습니다. 그러니 인생을 낭비하지 마세요. 도그마, 즉 다른 사람들의 생각에 얽매이지 마세요. 다른 사람들의 목소리가 여러분 내면의 진정한 목소리를 방해하지 못하게 해야 합니다. 여러분의 마음과 직감을 따르는 용기를 갖는 것이 가장 중요합니다. 이미 마음과 직감은 여러분이 진짜로 무엇을 원하는지 알고 있습니다. 나머지 것들은 모두 부차적입니다."

시대의 아이콘이 된 스티브 잡스

하나로 합친 휴대전화는 없을까

췌장암 선고 이전, 아이팟이 세상에 막 알려지기 시작한 2002년 무렵에 잡스는 또 하나의 아이디어를 놓고 생각에 잠겼어요. 신제품이 나와 막 잘되고 있을 때 이미 다음 제품을 기획하는 것은 잡스의 또 다른 주특기 중 하나예요. 대개 사람들은 큰일 하나를 치르고 있을 때는 다른 생각을 잘 못하게 마련이죠.

'휴대전화, MP3플레이어, 노트북……. 들고 다닐 게 너무 많아. 무겁고 번거롭지. 이 모든 기기를 하나로 합칠 순 없을까?'

잡스의 생각대로 휴대전화와 아이팟, PDA를 함께 들고 다니는 바람에 사람들의 주머니는 터져나가기 직전이었죠. 비즈니스맨에겐 노트북까지 더해져 최소 서너 개의 기기를 휴대하고 다녀야 했어요.

이전과 마찬가지로 이런 생각을 한 사람이 잡스 혼자만은 아니었어요. 당시에도 스마트폰이라는 개념이 있었죠. 하지만 잡스는 소비자들이 궁극적으로 원하는 제품을 다른 곳 아닌 애플에서 만들 수 있다고 확신했어요.

그런데 애플 내부에서는 이런 기기가 나올 경우 아이팟이 타격을 입을 수 있다는 의견들도 있었어요. 하지만 '가장 훌륭한 방어는 공격'이라는 말이 있죠? 잡스는 다른 회사가 만들기 전에 애플이 먼저 해야 한다고 생각했어요.

문제는 스마트폰을 만들기엔 해결해야 할 숙제가 너무 많았다는 거였어요. 통화와 컴퓨터, MP3 기능을 함께 지원하는 운영체제를 만들어야 했거든요. 이동통신사와의 협상 문제도 있었죠. 휴대전화는 이동통신사를 통해서 판매해야 했기 때문에 유통 주도권을 이동통신사에게 뺏길 염려가 있었어요. 애플은 이제껏 제품을 만들어 남에게 맡겨본 적이 없었거든요.

결국 잡스는 세 가지 큰 난제에 부딪혔어요. 우선 이제껏 세상에 존재하지 않았던 최고의 스마트폰을 만들어야 했죠. 둘째는 혁명적인 운영체제를 만들어야 했고요. 셋째로 이동통신사를 설득하고 협상해야 했어요.

추진력이 강한 잡스조차도 콧대 높은 이동통신사와 접촉하기를 싫어했어요. 처음엔 모토로라를 통해 우회 접촉하려고 했죠. 모토로라의 애드 젠더Edward J. Zander CEO는 잡스와 잘 아는 사이였고 썬 마이크로시스템즈Sun Microsystems에 있을 때부터 좋은 관계를 유지해왔거든요.

하지만 당시 모토로라의 휴대전화 '레이저Laser'는 인기 절정이었어요. 잘나가고 있었기 때문에 미래를 준비할 여력도 의지도

 썬 마이크로시스템즈(Sun Microsystems): 미국의 컴퓨터&사무기기 회사.

시대의 아이콘이 된 스티브 잡스

부족했죠. 때문에 사소한 부분에서도 의견 차이가 컸어요. 기기 명칭부터 아이튠즈를 활용한 음악 서비스까지 갈등이 심했어요. 우여곡절 끝에 휴대전화에 아이팟 기능을 더한 모델을 선보이긴 했지만 시장의 주목을 받을 순 없었죠.

결국 잡스는 독자 모델을 만들기로 했어요. 더 이상 다른 방법은 없었어요. 2005년 2월에는 휴대전화 배급 문제를 논의하기 위해서 직접 싱귤러Cingular(후에 AT&T와 합병)라는 통신사를 찾아갔어요.

이 자리에서 잡스는 특유의 능수능란한 화법으로 참석자들을 설득했어요. 또한 아래의 세 가지 요구 사항을 분명히 밝혔죠.

1. 애플은 누구도 따라오지 못할 독창적이고 혁신적인 휴대전화를 만들 것입니다.

2. 애플은 독점 계약을 원합니다.

3. 만약 이 조건이 받아들여지지 않으면 애플이 직접 이동통신사가 될 작정입니다. 이동통신사로부터 분당 사용 요금을 할당받는 방법을 쓰면 가능한 일입니다.

잡스는 아이팟을 만들 때와 비슷한 생각을 갖고 있었어요. 세상에 휴대전화는 많지만 사용자에게 완벽한 만족을 주는 제품은 하나도 없다고 생각했죠. 그걸 애플이 만들면 지구상에 존재하는 최고의 휴대전화가 될 거라 확신했어요. 잡스는 항상 이랬어요. 무모할 정도로 자기 확신을 가졌고, 주변을 밀어붙였죠. 이런 점

스티브 잡스를 꿈꿔 봐

이 때로는 큰 실패를 가져오기도 했지만 결국은 세상을 바꾸고 새로운 가치를 창조하는 원동력이 됐어요.

드디어 잡스는 AT&T와 세상을 깜짝 놀라게 만들 계약을 체결했어요. 이동통신사가 휴대전화 제조사보다 우위에 있으면서 유리한 조건을 모조리 챙겨가는 기존의 관행을 완전히 깨는 새로운 계약이었죠.

AT&T는 5년간 아이폰을 독점적으로 판매할 수 있는 권리를 갖게 됐어요. 하지만 그로 인해 치러야 할 대가가 엄청났죠. AT&T는 완성된 아이폰을 보기도 전에 최소 10%의 판매 대금을 주기로 계약했어요. 따라서 그만큼 안 팔려도 판매 대금 10%는 지불해야 했죠. 또 아이폰 가입자의 월 통신료 중 10달러를 애플에게 줘야 했어요. 여기에 애플은 아이폰에 대해 디자인, 제조, 마케팅, 가격 등 모든 권한을 가졌죠. 당시엔 상상도 못할 계약이었어요.

AT&T 경영진들은 자신들의 결정을 반신반의하면서 아이폰의 등장만을 기다리고 있었어요.

 AT&T: 미국의 통신 회사. 싱귤러와의 M&A를 통해 미국 2위의 통신 회사가 되었다.

시대의 아이콘이 된 스티브 잡스

디자인이 제품의 본질이야

2006년 12월 초 스티브 잡스는 애플의 수석 개발자 3명과 함께 라스베이거스의 한 호텔로 갔어요. AT&T의 CEO 스탠리 시그먼 Stanley T. Sigman을 만나기 위해서였죠. 190cm에 육박하는 큰 키에 고압적인 태도로 유명한 시그먼이었지만 잡스의 태도는 당당했어요. 이날의 만남은 극도로 비밀에 부쳐졌죠. 잡스가 직접 시그먼 앞에서 프레젠테이션을 했어요. 잡스가 이날 들고 온 것은 세계 휴대전화의 역사를 바꾼 그 아이폰이었어요.

잡스는 쓰기 쉬운 터치스크린과 부드럽게 돌아가는 웹브라우징을 선보였어요. 이보다 3개월 전에 시제품으로 들고 갔던 휴대전화와는 차원이 달랐죠. 시그먼 CEO는 자리를 박차고 일어났어요.

"내가 본 최고의 휴대전화야!"

이 감동은 2007년 아이폰을 첫 공개했던 그 자리에서도 그대로 재현되었어요.

"전 오늘 혁신적인 신제품을 소개하려고 합니다. 우선 터치 컨트롤이 가능한 와이드스크린 아이팟, 둘째 혁신적인 모바일폰, 그리고 마지막으로 획기적인 인터넷 통신 장치가 그것입니다. 이 세 가지의 탁월한 기능이 서로 다른 장치가 아닌 하나의 장치에 들어가게 됐습니다."

기자들은 물론이고 애플 관계자, 업계 경쟁자들까지 침묵하면서 잡스의 다음 말을 기다렸어요.

"우리는 이것을 아이폰이라고 부릅니다. 이제 애플은 전화의 새 역사를 쓰게 될 겁니다. 애플은 휴대전화를 재창조했습니다!"

아이폰은 출시되자마자 폭발적 인기를 누렸어요. 2010년 들어서는 매 분기 1000만 대가 넘는 판매 기록을 세웠죠. 아이폰은 단일 기종으로 세계에서 유례가 없을 만큼 많이 팔린 휴대전화로 등극하게 돼요.

아이폰을 만들면서 잡스는 이전과는 확실히 다른 모습을 보였어요. 자신의 주장만을 내세우지 않았죠. 개발자가 아니라 최고의 소비자가 되려고 했어요. 감독하고 간섭하기만 하는 것이 아니라 직접 써보고 계속 질문하면서 불편한 점을 개선했어요.

"도대체 휴대전화에 왜 이렇게 많은 버튼이 필요한 거죠?"

"버튼이 3개 이상이면 안 될 것 같아요. 소비자들이 불편해요. 모든 것을 터치스크린에서 해결할 수 있어야 합니다." 개발자들은 난감했어요. 3개 이하로 버튼을 줄인 휴대전화는 결코 만들 수 없다고 생각했죠. 하지만 이 부분에서만은 잡스가 완강했고, 결국 버튼 숫자는 획기적으로 줄게 돼요. 아이폰에는 홈 버튼, 전원, 음량 조절, 진동 전환 등 총 4개의 버튼만 있어요.

잡스는 세상이 놀랄 만한 제품을 만들기 위해선 자신이 스스로

시대의 아이콘이 된 스티브 잡스

인터넷과 아이팟, 휴대전화의 기능을 하나로 합친 '아이폰(iPhone)'은
전 세계 휴대전화 시장을 혁명적으로 바꿔놓았다.
자신이 가장 까다로운 소비자이자 탁월한 마케터인 스티브 잡스는
이를 통해 '세상을 놀라게 하고 싶다'는 자신의 꿈을 실현하게 된다.

까다로운 소비자가 되어야 한다고 생각했어요. 그리고 그것을 평생 실천해왔죠. 잡스가 그토록 버튼에 집착한 것도 편의성뿐 아니라 제품의 디자인을 망친다고 생각했기 때문이에요.

잡스는 디자인에 대해 나름의 확고한 철학을 갖고 있었어요. 모두가 디자인을 겉치레 정도로 폄하할 때에 그는 디자인이야말로 제품의 정수라고 생각했어요. 아이폰과 아이팟을 디자인한 조너선 아이브를 "천만금을 준다 해도 그와 바꾸지 않을 것"이라고 극찬하며 아낀 것도 이런 이유에서였죠. 이런 생각이야말로 엔지니어도 디자이너도 아닌 그를 세계 최고의 기업가로 만든 원동력이었죠.

"디자인이란 재미있는 말입니다. 어떤 사람들은 외관을 꾸미는 것이 디자인이라고 생각합니다. 그러나 깊이 파고들면 디자인은 제품의 작동 방식을 결정하는 것입니다. 맥 디자인의 핵심은 외관에 있지 않습니다. 물론 외관도 디자인의 일부이지요. 그러나 핵심은 작동 방식에 있습니다. 디자인을 잘하려면 본질적인 부분까지 파고들어야 합니다. 그 제품의 진정한 속성을 이해해야 한다는 말입니다."

어쩌면 잡스는 이렇게 말하고 싶었던 게 아닐까요?

"디자인은 단순히 겉모습이 아니야. 작동 원리의 예술적인 표현이지. 그런데 사람들은 그걸 몰라."

시대의 아이콘이 된 스티브 잡스

사람은 일생 동안 변하죠. 육체적으로도 변하지만 성품이나 성격도 변화를 겪어요. 하지만 잡스처럼 드라마틱하게 자신을 변화시킨 사람은 없을 거예요. 누가 뭐래도 잡스는 이기적이고, 독선적이고, 경쟁적인 사람이었어요. 이런 집요함이 '우주를 뒤흔들 만한' 제품을 만드는 데 일정한 역할을 했죠. 하지만 그에게는 운명 같은 시련이 몇 번씩 찾아옵니다. 친부모를 몰랐고, 췌장암을 앓았고, 간 이식 수술까지 받게 되죠. 이 같은 시련은 잡스 자신을 통째로 변화시켜요. 물론 사업상의 실패와 시련으로부터도 그는 많은 것을 배우고 깨닫죠.

결국 잡스는 췌장암을 앓고 난 직후인 2007년 아이폰 프레젠테이션에서 극적으로 변한 자신을 무대에 올려놓습니다. 그는 무대를 혼자 독차지하던 습성을 버리고 개발자, 기획자, 엔지니어를 일일이 호명하며 대중에게 소개를 시켰어요. 가장을 직장에 빼앗기고 많은 시간을 쓸쓸하게 지내야 했던 가족들에게 찬사를 보내는 것도 잊지 않았죠.

잡스의 행진은 아이폰에서 멈추지 않았어요. 억만장자가 되었고 이미 그토록 갈망했던 사람들로부터의 인정도 받았지만, 그의 열정은 태블릿 PC로 옮겨갔죠.

2010년 4월 3일, 잡스는 마술 같은 기기인 아이패드를 선보였어요. 아이패드는 '가장 컴퓨터 같지 않은 컴퓨터'로 유명해졌어요. 요리를 하면서 요리법을 체크한다든지, 가벼운 게임을 즐기거나 만화를 본다든지, 커피를 마시면서 이메일을 체크하는 등 아이들과 노인들도 터치만 해서 즐길 수 있는 컴퓨터를 만든 거예요. 어쩌면 "모든 사람이 사용할 수 있는 컴퓨터를 만들겠다."고 한 잡스의 진정한 소망이 아이패드를 통해 이루어진 것인지도 몰라요.

"당신은 이미 이것을 어떻게 사용하는지 알고 있어요. 그만큼 쉽습니다."

아이패드 프레젠테이션에서 잡스는 병으로 홀쭉해진 몸을 끌고 나와 열광하는 관객들 앞에 서서 이렇게 말했답니다.

"누구나 아름답고 예술적인 방향으로 자신을 바꿀 수 있다."

잡스가 우리에게 선물한 것은 아이팟, 아이폰, 아이패드 이상일 것입니다.

시대의 아이콘이 된 스티브 잡스

나를 기억해주겠니

"암 진단을 받았을 때 저 나름대로 신에게 간청했어요.

리드가 졸업하는 것을 꼭 보고 싶다고요.

그걸로 2009년을 버텼어요."

2011년 여름, 전기 작가 월터 아이작슨과의 인터뷰에서

후계자를 정하다

2011년 8월 25일, 잡스는 직원들에게 이메일을 보내 사직 의사를 밝혔어요. 갑작스러운 일이라 애플 직원들은 물론 전 세계가 동요했죠.

애플 이사회와 애플 직원들에게

저는 항상 애플 CEO로서 더 이상 제 임무를 다하지 못하고 기대에 부응하지 못하는 날이 오면 가장 먼저 알리겠다고 말해왔습니다. 불행하게도 그날이 왔습니다.

이로써 저는 애플 CEO를 사임합니다. 하지만 이사회에서 동의한다면 애플 이사회 의장으로, 임원 그리고 애플 직원으로 일하기를 원합니다.

제 후임자에 관해서는 우리가 실행해온 승계 계획에 따라 팀 쿡을 강력하게 추천합니다.

저는 애플의 앞날이 매우 밝고, 혁신적일 것이라 확신합니다. 저는 새로운 역할을 맡아 애플의 성공을 지켜보고 이에 기여할 수 있기를 기대합니다.

애플에서 제 인생 최고의 친구들을 만났습니다. 그리고 우리가 함께 일했던 시간에 대해 여러분 모두에게 감사합니다.

잡스 드림

잡스는 애플 이사회에서 쫓겨났던 1985년에도 자신의 입장을 이메일로 전했고, 2004년 췌장암으로 수술을 받게 되었다는 것도 전 직원에게 이메일로 알렸어요. 이번에도 마찬가지였죠. 평소와 마찬가지로 캘리포니아 쿠퍼티노의 사무실에서 업무를 마친 그는 '애플 이사회와 애플 직원들에게'라는 제목의 이메일을 보냈어요.

잡스에게 1순위는 애플과 애플 직원들이었죠. 자기 회사 CEO의 사임 소식을 TV의 기자회견이나 신문 발표를 통해 알게 되기를 원치 않았어요. 가족 같은 애플 식구들이었기 때문에 누구보다 먼저 중요한 뉴스를 알려야 한다고 생각했죠.

시대의 아이콘이 된 스티브 잡스

잡스가 CEO직에서 물러난 것은 물론 건강 때문이었어요. 건강이 악화돼 중요한 결정을 계속 내려야 하는 CEO의 역할을 도저히 감당할 수 없다고 판단했기 때문이에요.

2010년 11월 초부터 잡스의 췌장암은 악화되었어요. 통증이 심해지고 음식을 넘기기 힘들 정도가 됐죠. 간호사가 집으로 와 정맥주사로 영양을 보충해줘야 했어요. 2011년이 되면서 그 상황은 더욱 심각해졌어요. 그해 6월에 아이클라우드를 발표할 당시, 잡스는 이미 매우 병이 짙어졌지만 전신을 물어뜯는 듯한 고통을 참으면서 무대에 섰던 거였어요.

이렇게 건강이 최악의 상황으로 가고 있는 중에도 잡스는 사력을 다해 많은 것들을 준비했어요. 잡스가 생애 마지막 순간에 집중한 과제는 '아이TV'였어요. 아이팟, 아이폰, 아이패드를 잇는 아이 시리즈의 완결판이었죠.

"정말 쓰기 쉬운 통합형 TV를 만들고 싶어요."

더 이상 복잡한 리모컨을 붙잡고 머리 아프게 씨름할 필요 없는 TV를 구상했고, 2012년에 출시될 수 있다고 장담하기도 했죠. 잡스는 세상을 바꿀 정도로 깜짝 놀랄 만한 일을 언제나 머릿속에 구상하고 있었어요. 죽는 그 순간까지 말예요. 잡스는 교실에서 아이패드 하나로 공부할 수 있는 시스템을 구상하기도 했죠. 2009년 간 이식 수술을 받았을 때는 "마스크가 맘에 들지 않

스티브 잡스를 꿈꿔 봐

스티브 잡스의 갑작스러운 사망 소식은 전 세계를 슬픔에 잠기게 했다.
'세상을, 애플을 그토록 사랑한 스티브 잡스, 이젠 안녕!'

시대의 아이콘이 된 스티브 잡스

는다”며 환자용 마스크의 디자인을 제안하기도 했으니까요. 정말 못 말리는 일벌레였죠.

잡스는 애플이 ‘자신 이후의 시대’를 준비해야 한다고 생각했어요. 팀 쿡을 강력하게 추천한 것도 그런 맥락이었죠. 이미 오래전부터 잡스는 팀 쿡을 내세워 자신을 대신하게 하면서 경영자로 키워왔죠. 잡스는 ‘뛰어난 천재’를 좋아했고, 적극적으로 영입했어요. 천재가 아니면 모두 ‘머저리’ 취급을 한 게 잡스의 단점이지만 그런 자신에 대해서 잡스는 이렇게 얘기했죠.

“내가 사람들을 형편없이 다뤘다고는 생각하지 않습니다. 무언가가 형편없으면 그저 면전에 대고 그렇게 얘기했을 뿐이에요. 솔직하게 말하는 것이 나의 일이었죠.”

병상의 잡스가 가장 중점을 둔 것은 아마도 ‘자신이 없는 애플’을 어떻게 단단하게 만들 것인가였을 거예요. 잡스의 이런 모습은 로마 제정기 아우구스투스 황제를 떠올리게 해요. 핏줄이 아닌 티베리우스를 양자로 삼아 공동 집정관 직위를 주고 훈련을 시킨 뒤 군 통수권을 넘기거든요.

잡스, 가족 안에서 행복하게 안~녕

잡스는 죽음이 가까워질수록 가족들과의 짧은 순간을 안타까

위했어요. 2009년 암이 재발했을 때는 오직 아들 리드의 졸업식에 참석하고 싶다는 소망만을 갖고 있었죠.

"암 진단을 받았을 때 저 나름대로 신에게 간청했어요. 리드가 졸업하는 것을 꼭 보고 싶다고요. 그걸로 2009년을 버텼어요."

2011년 여름, 전기 작가 월터 아이작슨에게 이렇게 말했어요.

잡스는 아들과 아주 친밀했어요. 잡스의 외동아들 리드는 반항기 어린 미소와 강렬한 눈빛, 헝클어진 머리칼까지 열여덟 살 때의 잡스와 꼭 닮았어요. 잡스는 아들이 자신을 가장 잘 이해한다고 믿고 있었고 실제로 리드는 잡스를 진심으로 이해하려고 노력했죠.

로렌에 대한 변치 않는 사랑은 잡스를 마지막까지 지탱하게 해준 원동력이었어요. 이 부분은 모나 심슨의 추도사에서도 언급돼 있어요. 첫째 딸 리사에 대한 잡스의 사랑도 각별했죠. 처음 리사를 거부했던 잡스는 훗날 이를 뉘우쳤고, 로렌과 결혼한 뒤에 리사를 불러들여 고등학교를 마칠 때까지 함께 살았어요.

그러나 다른 두 딸과는 많은 시간을 같이 보내지 못했고, 잡스는 마지막 순간에 이를 매우 안타까워했어요. 막내딸 이브는 잡스를 많이 닮았지만 에린과 잡스는 정서적인 거리감이 상당히 있었어요. 에린은 아빠와 많은 대화를 나누지 못했고, 아빠에게서 친밀한 느낌을 갖지 못했다고 해요.

잠잘 시간도 없이 일에 몰입했던 잡스였기에 지난 세월 가족들과 많은 시간을 보내지 못했죠. 그 점이 안타까웠던 걸까요? 생의 마지막이 다가오는 순간에도 잡스는 세 딸의 결혼식장에 걸어 들어갈 수 있기를 원했고, 아내와 약속한 요트 세계 여행을 위해 요트의 제작 상황을 점검하기도 했어요.

부러울 것이 없어 보이는 잡스였지만 낳아준 친아버지와는 끝내 만나지 못했어요. 시리아계 이민자인 잡스의 친아버지 압둘파타 잔달리는 아들을 만나고 싶다는 바람 때문에 잡스에게 편지를 썼지요. 하지만 잔달리가 잡스로부터 받은 이메일은 'Thank You'라는 아주 간단한 말뿐이었어요.

잡스는 끝내 친아버지와 부둥켜안고 울 기회를 갖진 않았지만 '나는 누구인가'에 대한 평생의 질문에 대한 답은 갖고 떠났을 거예요. 어쩌면 오늘의 잡스를 만든 것은 그 '결핍' 때문이었을 테니까요.

Oh wow, Oh wow, Oh wow!

2011년 10월 5일, 잡스의 여동생 모나 심슨은 전화를 한 통 받았어요.

"지금 팰러앨토로 왔으면 좋겠어."

전화 속 목소리는 어딘가로 떠날 마음의 준비를 하고 있는 사람의 그것이었죠.

"오빠의 목소리는 온화하고 애정이 넘쳤지만 다급했고, 어디론가 떠나기 위해 짐을 이미 차에 싣고 난 뒤, 떠난다는 사실을 몹시 미안해하는 것 같은 느낌이었어요."

모나 심슨은 마지막 순간을 잡스의 추도사에서 간략하게 묘사했어요. 그녀가 병실에 도착했을 때 잡스는 로렌과 함께 농담을 주고받으며 영원히 눈을 떼지 않을 것처럼 곁에 선 아이들을 바라보고 있었죠. 오후 2시경, 애플 사람들이 왔을 때 잠시 잡스를 일으켰고, 잡스는 숨 쉬기 힘든 몇 번의 상황을 지나야 했어요.

의식이 있던 최후의 순간, 잡스는 로렌에게 마지막 인사와 함께 미안하다는 말을 전했고, 그날 밤 잡스는 느리게 숨을 쉬다 마지막 감탄사를 내뱉었어요. 세 번을 반복했죠.

"Oh wow, Oh wow, Oh wow!"

그리고 영원히 눈을 감았어요.

한 천재의, 불꽃같은 삶이 마감되는 순간이었죠.

시대의 아이콘이 된 스티브 잡스

놀라운 일을 해냈어

아마도 2010년은 애플과 스티브 잡스 모두에게 잊을 수 없는 해일 거예요. 2010년 초 선보인 아이패드는 1년 동안 1000만 대가 넘게 팔렸어요. 제품이 모자라 공급이 어려울 정도였죠. 아이폰3와 아이폰4는 공전의 히트를 기록했어요. 전 세계인에게 이렇듯 예외 없이 사랑받은 제품이 또 있을까요? 인종과 언어의 한계를 넘어서 잡스처럼 사랑받았던 CEO가 또 있을까요?

애플이 이토록 오랫동안 사랑받고 발전하는 것의 핵심에는 스티브 잡스가 있었어요. 그가 성공 신화만을 쓴 천재이기 때문은 아닐 거예요. 그의 삶이 주는 감동과 그가 그것을 표현하는 방식, 그리고 그의 인생이 담긴 제품이 사람들에게 주는 가치 때문이지요. 그의 과감성, 혁신성 때문이기도 하고요.

잡스는 자사 제품이 경쟁사 제품에 밀려 죽기 전에 자기 손으로 죽이곤 했어요.

"2005년 9월에 아이팟미니를 죽이고 아이팟나노를 내놓았습니다. 지금은 아이폰이 아이팟터치를 잠식하고 있지만 괜찮습니다."

자사의 제품도 부정하는 그 끝없는 혁신이 애플의 가치예요.

"저는 스물셋에 백만장자가 됐습니다. 스물넷에는 억만장자가 됐고요. 하지만 스물다섯부터는 그런 것들이 더 이상 중요하지 않게 됐습니다. 돈을 벌기 위해 일한 게 아니기 때문입니다."

스티브 잡스는 한 언론 인터뷰에서 이처럼 말했어요. 하지만 돈을 벌기 위해 일하지 않았다는 그는 세계 최고의 부자 중 한 명이 됐죠. 무엇보다 그는 혁신의 대명사요, 창조의 아이콘이 됐어요.

56세라는 아직은 이른 너무나 젊은 나이에 세상을 떠났지만 "놀라운 일을 해냈어!"라고 외쳤던 잡스의 모습은 오래 남을 거예요. 그는 아이디어와 예술, 첨단 기술을 결합해 새로운 미래로 가는 길을 열었어요. 무엇을 하느냐가 아니라 어떻게 살아야 하는가를 끊임없이 고민했던 잡스. 그는 자신의 고민을 우리에게 숙제처럼 남겨주고 갔어요.

"오늘이 내 인생의 마지막 날이라면 그래도 오늘 하려는 일을 할 것인가?"

놀라운 일을 해냈어

스티브 잡스를 꿈꾼다면
컴퓨터 5대 직종 '쏙쏙' 탐구

스티브 잡스의 드라마틱한 삶, 여러분은 어떻게 읽으셨나요? 혹시 '그는 천재니까', '운 좋게 컴퓨터 시대의 초창기에 태어났으니까', '실리콘밸리에 살았으니까' 하고 자신과는 별개의 인물로 생각하고 있지는 않나요? 잡스는 지금 바로 우리와 함께 숨 쉬는 인물이에요. 우리가 충분히 따라 하고, 따라잡고, 적용할 수 있는 인물인 것이죠. 물론 잡스처럼 창고에서 컴퓨터를 만들 수는 없지만 여전히 IT업계는 진화하고 있어서 페이스북의 마크 주커버그나 구글의 세르게이 브린같이 20~30대에 창업해서 성공한 사업가도 많아요. 여전히 우리 꿈을 펼칠 수 있는 분야는 무궁무진하답니다.

이쯤에서 궁금해지지 않나요? IT업계에 종사하려면, 스티브 잡스처럼 획기적인 제품을 만들고 싶다면 지금 당장 무엇을 해야 할까요? 어떤 과목을 좋아하고 무슨 과에 진학해야 할까요? 컴퓨터 관련 직종에는 뭐가 있고, 어떤 회사들이 있을까요?

잡스로 한껏 눈이 높아졌다면 이제 땅에 발을 딛고 현실로 들어가 봅시다.

스티브 워즈니악

하드웨어 엔지니어

전망 ★★★★

연관어 부품, 집중력, 숫자

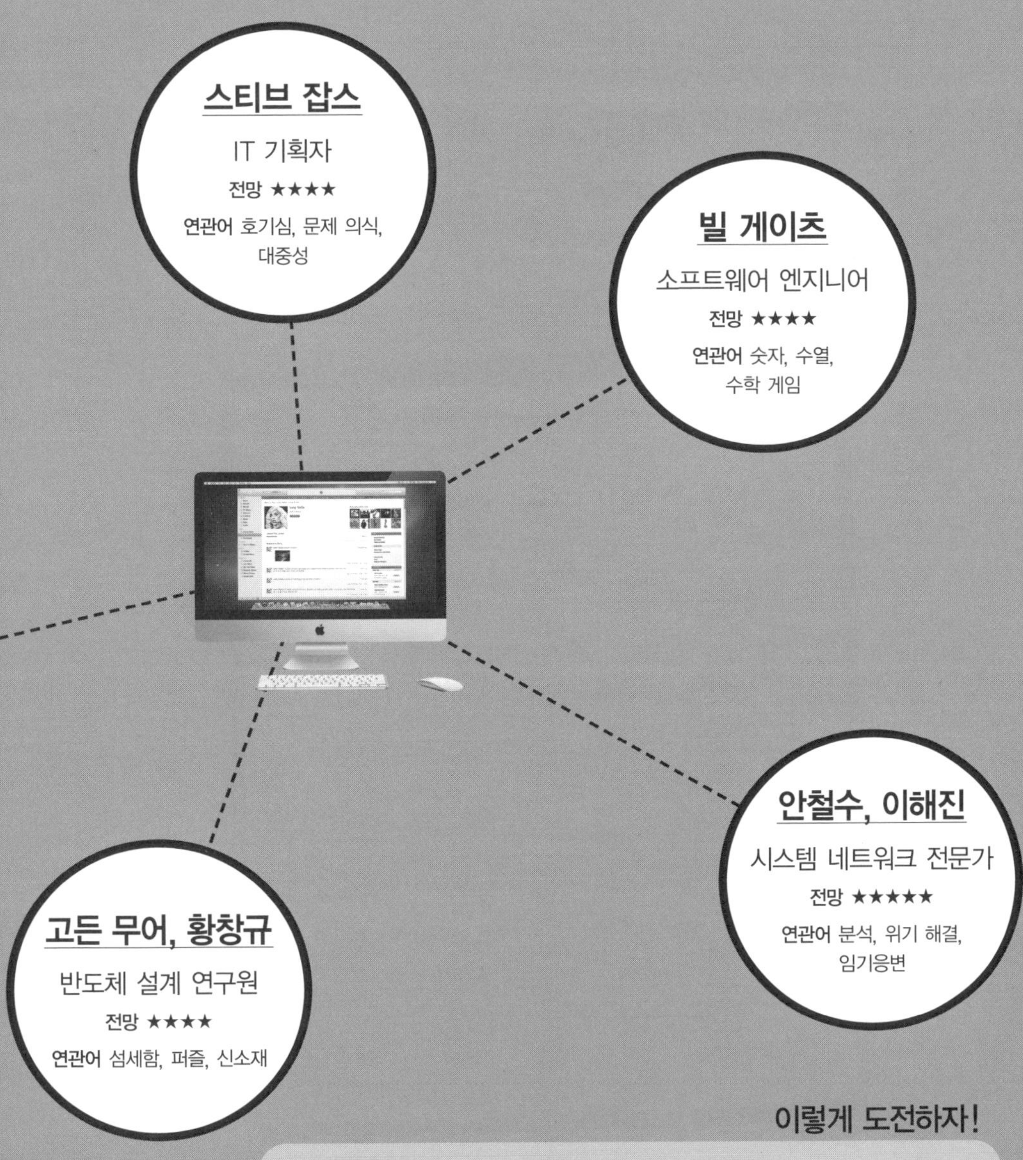
스티브 잡스
IT 기획자
전망 ★★★★
연관어 호기심, 문제 의식, 대중성
빌 게이츠
소프트웨어 엔지니어
전망 ★★★★
연관어 숫자, 수열, 수학 게임
고든 무어, 황창규
반도체 설계 연구원
전망 ★★★★
연관어 섬세함, 퍼즐, 신소재
안철수, 이해진
시스템 네트워크 전문가
전망 ★★★★★
연관어 분석, 위기 해결, 임기응변
이렇게 도전하자!
수학, 과학을 좋아하면서도 인문학적 관심이 높은 사람이라면
기획자 ❯ 시스템 네트워크 엔지니어 ❯ 소프트웨어 엔지니어 ❯ 하드웨어 엔지니어 순으로
특히 과학에 관심과 소양이 높은 사람이라면
하드웨어 엔지니어 ❯ 소프트웨어 엔지니어 ❯ 시스템 네크워크 엔지니어 ❯ 기획자 순으로

IT 기획자

다음 중 하나라도 해당된다면
IT 기획자를 꿈꿔도
좋습니다!

- [ ] 새로운 전자기기라면 비싸도 맨 처음에 사고 싶다.
- [ ] 제품을 사면 매뉴얼을 탐독하고, 전 기능을 실행해본다.
- [ ] 친구들의 장단점을 구체적으로 파악하고 있다.
- [ ] SF영화가 현실이 될 수 있다고 생각하고 꿈꾼다.
- [ ] 남의 말에 쉽게 따르기보다 자기 생각을 주장하는 편이다.
- [ ] 뭐가 잘 팔리는지 궁금해서 검색해본 적이 있다.

★ 위의 체크표는 관련 직종에 어울리는 성향을 일반화한 것으로 이에 해당 사항이 적거나 없어도 대체로 수학, 과학을 좋아한다면 IT 직종을 꿈꾸기에 충분합니다.

WHAT IT 기획자는 어떤 직업인가요

새로운 콘셉트의 제품 기획 IT 기획자는 아직 뚜렷한 하나의 직종으로 인식되고 있진 않아요. 하지만 컴퓨터 분야에서 앞으로 중요성이 높아질 분야예요. 왜냐하면 IT 제품이 복잡해지고 네트워크 기능이 강화될수록 제품을 전체적인 관점에서 기획하고 사람들이 미처 생각지 못했던 영역을 창조할 사람의 중요성이 커지거든요.

IT 기획자는 컴퓨터 하드웨어, 소프트웨어, 네트워크를 총괄해서 이해하고 있어야 하고 시장 조사와 분석 등 마케팅 관련 감각을 갖추고 있어야 해요. 기존 제품의 단점을 분석해서 새로운 콘셉트나 가치를 창조하기도 하죠. 휴대전화를 스마트폰으로 변화시킨다든지 일반 컴퓨터를 태블릿 PC로 새롭게 탄생시키는 게 이에 해당돼요. 자신이 직접 기술적인 일에 몸담기보다 엔지니어나 디자이너와 함께 일하면서 그들을 이끌고 독려하죠.

24 HOURS IT 기획자의 하루가 궁금해요

시장 조사와 아이디어 회의 IT 기획자는 제품을 직접 생산하는 것만 빼고는 모든 과정에 다 참여해야 해요. 제품의 기획, 설계, 홍보 및 마케팅 등 전 과정에 빠짐없이요. 하지만 가장 중요한 것은 역시 제품 기획이에요. 디자이너, 엔지니어 등과 계속 회의하면서 많은 사람을 만나요.

TALENTS 어떤 재능이나 자질이 필요할까요

주관 주관이 분명해야 해요. 다른 사람이 뭐라고 해도 자신의 방식이나 주관에 대한 신념이 강해야 하죠. 주위에서 독단적이라는 말을 들을 수도 있어요.

상상력과 역발상 상상력도 아주 중요해요. 그래야 남들이 생각지 못하는 것에 도전할 수 있으니까요. 때로는 과감한 역발상도 필요해요. 스티브 잡스는 역발상의 귀재라고 할 수 있어요. 그가 한 역발상의 사례를 들어볼까요? 애플은 제품의 수가 적은 회사로 유명해요. 그런데 사실 대부분의 회사는 제품의 수를 늘리기 위해 애쓰고 있었죠. '제품 수가 많을수록 고객의 선택 폭이 넓어져서 좋다'라는 고정관념을 따르고 있었기 때문이죠. 그런데 스티브 잡스는 그렇게 생각지 않았어요. 제품의 수가 적어도 최고의 가치를 제공해주면 된다고 생각했죠.

내꿈사 직업탐구_스티브잡스를 꿈꾼다면

아이튠즈를 유료화할 때도 우려하는 사람들이 많았어요. 그때까지 음악은 인터넷에서 무료로 다운로드할 수 있었거든요. '무료로 노래를 다운로드할 수 있는데 누가 돈을 내겠는가.' 이게 그때까지의 고정관념이었죠. 하지만 스티브 잡스는 '최고의 경험을 제공한다면 사람들은 기꺼이 돈을 지불할 것이다'라고 거꾸로 생각했어요.

MAJOR 뭘 공부해야 하죠

경영＋전자공학 사실 이 분야는 종합적인 능력을 요구하기 때문에 특별한 전공 분야보다는 호기심과 다양한 경험이 더욱 중요해요. 어떤 분야에서든 도전할 수 있지만 공학적인 마인드 못지않게 인문학적인 소양, 예술에 대한 관심, 디자인에 대한 식견 등이 필요해요.

인문학 엔지니어나 전문가들과 달리 이 분야는 기술적인 부분에 대한 관심보다는 좀 더 큰 그림을 그리는 게 필요해요. 그래서 공부도 다양한 분야에서 하면 좋아요.

INTEREST 어릴 때 어떤 분야나 과목에 흥미를 보이나요

전자기기 컴퓨터나 정보기술(IT)과 관련된 분야이기 때문에 IT 제품에 관심을 갖는 게 중요해요. 오히려 제품을 만드는 사람의 관점이 아니라 사용자의 관점에서 바라볼 수 있으면 더 좋아

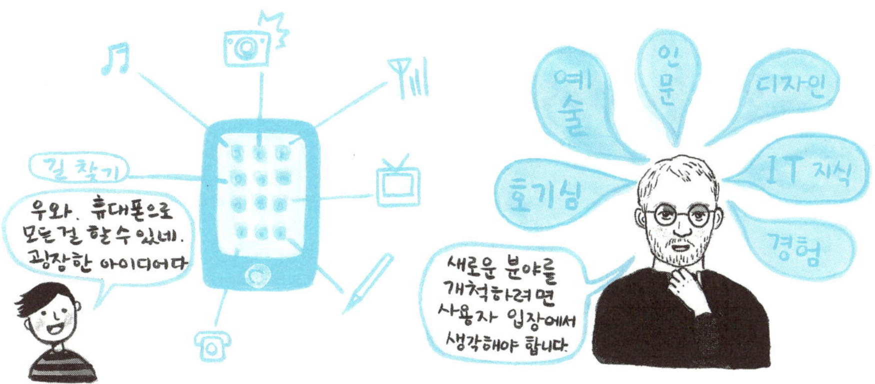

요. 스티브 잡스가 "가장 훌륭한 소비자가 가장 훌륭한 창조자"라고 말했듯이 새로운 제품을 기획하기 위해선 소비자 입장에서 볼 필요가 있어요. 새로운 분야를 연구하는 연구소를 찾아가거나 컨퍼런스, 전시회 등을 다니면서 감을 익히는 것도 필요해요.

PEOPLE 대표적인 인물은 누구인가요

스티브 잡스, 김범수, 양덕준 애플의 창업자인 스티브 잡스가 가장 대표적인 인물이에요. 한국에서는 한게임, NHN 창업 멤버이자 '카카오톡'을 만든 김범수 사장이 이에 가장 유사한 인물이라고 할 수 있어요. 아이리버 신화를 이끌었던 레인콤 양덕준 창업자도 이에 해당되죠.

잠깐! 컴퓨터는 예술과 기술의 복합체!

컴퓨터 없는 가정은 없죠? 이제 컴퓨터는 정말 우리 집으로, 내 손으로 들어왔어요. 집 안을 둘러보세요. 컴퓨터 기술이 안 쓰인 제품이 없을 정도랍니다. 수요가 많은 만큼 전망도 밝겠죠. 하지만 이제 단순히 전자공학을 전공한 것만으로는 좋은 직업인이 될 수 없다고 해요. 사람들이 늘 사용하는 기기니까 사람을 이해하는 학문인 인문학을 알아야 하고요. 기초과학 지식은 말할 것도 없어요. 지금은 컴퓨터 개발을 팀 단위로 하니까 자신의 의견을 발표하고 남의 의견을 듣는 '소통' 능력도 필수겠죠.

만지고 배열하고 측정하는 회로 설계자
하드웨어 엔지니어

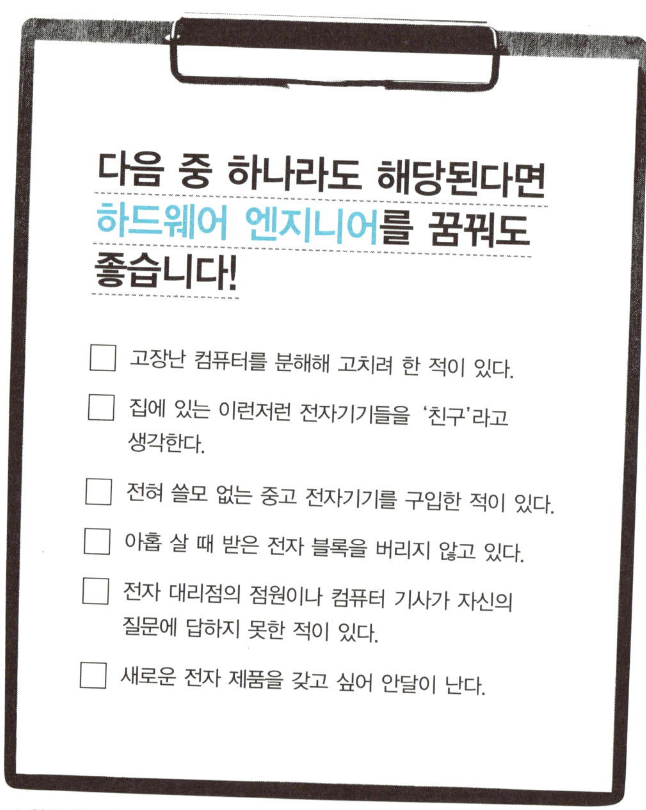

★ 위의 체크표는 관련 직종에 어울리는 성향을 일반화한 것으로 이에 해당 사항이
적거나 없어도 대체로 수학, 과학을 좋아한다면 IT 직종을 꿈꾸기에 충분합니다.

 하드웨어 엔지니어는 어떤 직업인가요

컴퓨터 본체를 만들죠 가장 대표적인 컴퓨터 관련 직종이에요. 보통 엔지니어라고 하면 이 하드웨어 엔지니어를 뜻해요. 이 책에 등장하는 스티브 워즈니악이 해당되죠. 하드웨어는 완성품(퍼스널 컴퓨터, 노트북, 태블릿 PC, 서버, 초고속 컴퓨터)과 부품[아날로그 회로, 중앙처리장치(CPU), 반도체 메모리]으로 나뉘는데 이들을 만드는 사람들을 모두 하드웨어 엔지니어라고 해요. 대개는 하드웨어의 설계도를 작성하고 시제품을 만들어내죠. 아날로그 회로 설계는 기본이고요, 전체 시스템을 디자인하거나 인쇄회로기판을 제작하는 일을 하죠. 다른 여러 부품들과 문제없이 작동하도록 조화롭게 결합시키는 것도 엔지니어가 하는 일이에요.

24 HOURS 하드웨어 엔지니어의 하루가 궁금해요

회로 설계와 제작 1980년대의 엔지니어는 하루 종일 혼자 전자 부품을 만졌어요. 전자 부품을 조립하고 배열하고 회로기판을 설계해야 했죠. 하지만 21세기의 엔지니어는 이런 일들을 혼자가 아닌 팀 단위로 하는 경우가 많아요. 때문에 회의를 통해 아이디어를 교환하면서 목표를 공유하죠. 최신 기술을 습득하기 위해 다양한 커뮤니티에 참여하거나 새로운 기술 서적을 접해야 해요.

TALENTS 어떤 재능이나 자질이 필요할까요

기초과학 하드웨어 엔지니어 중에서도 특히 부품 분야 종사자들은 물리나 화학, 생물 등 기초과학 실력을 탄탄히 갖추고 있어야 해요.

내꿈사 직업탐구_스티브잡스를 꿈꾼다면

부품 작은 부품을 만지는 것을 좋아하고 전자 부품의 배열이나 성능 개선에 관심이 많아야 해요. 작은 칩에 우주를 담는다는 생각을 할 정도로 자기 일에 자부심이 있어야 하죠.

아이디어와 집중력 어떻게 하면 기판을 효율적으로 배열할까, 좀 더 편리하게 쓰려면 무엇이 더 필요할까를 생각할 수 있어야 해요. 오랫동안 집중해야 하기 때문에 체력도 갖춰야 해요. 하루 종일 자리에 앉아서 전자 부품을 들여다보면서 연구하는 것이 적성에 맞아야 하죠.

MAJOR 뭘 공부해야 하죠

전기전자공학 컴퓨터 역사의 초기에는 워즈니악과 같은 천재들이 컴퓨터를 설계하고 만들었지만 최근의 엔지니어들은 대개 석사와 박사 과정까지 공부하기도 해요.

INTEREST 어릴 때 어떤 분야나 과목에 흥미를 보이나요

전자기기 컴퓨터, 카메라, 내비게이터, MP3플레이어 등 새로운 전자 제품이 등장할 때마다 기능을 관찰하고 분해해서 어떤 부품으로 구성돼 있는지 살펴본 사람이라면 딱 맞는 분야죠.

수학과 물리(전기회로 파트) 학교 다닐 때는 수학이나 과학, 공학 같은 분야에 관심을 가지면 좋아요. 물리는 특히 중요한데 그중에서도 전기회로 부분의 이해가 빠르면 아주 잘 맞을 거예요.

PEOPLE 대표적인 인물은요

스티브 워즈니악, 윌리엄 휴렛 스티브 워즈니악이에요. 그리고 세계 최대 컴퓨터 업체인 휴렛팩커드의 창업자 윌리엄 휴렛 역시 이 분야의 대표적인 인물이라고 할 수 있어요.

스티브 잡스를 꿈꿔 봐

수백 가지가 넘는
하드웨어 성능을 측정해요

삼성전자 무선사업부 하드웨어 개발 그룹 박상률 수석

어떻게 지금의 직업을 갖게 되셨는지요?

〉〉〉 경북대학교 전자공학과를 나왔고요. 진학과 취업의 갈림길에서 취업을 선택했어요. 가장 먼저 원서를 낸 이곳 삼성전자에 입사해 17년 동안 근무했습니다. 처음부터 지금까지 무선사업부에서 하드웨어를 개발하고 있습니다.

학창 시절(초·중·고) 좋아했던 과목이 무엇이었나요? 자신의 적성에 대해선 어떻게 생각하세요?

〉〉〉 답을 찾는 과정은 까다롭지만 해결했을 때의 만족감 때문에 수학과 과학을 좋아했어요. 이렇게 논리적으로 고민하고 해결하려는 성격과 마음가짐이 하드웨어 분야와 잘 맞는다고 생각합니다.

가장 기억에 남는 업무가 있다면 어떤 것이었나요?

〉〉〉 최근에 이루어진 갤럭시S 개발 과정이 가장 생생합니다. 하드웨어는 한번 출시되면 업그레이드하기가 어렵기 때문에 처음에 사양을 정할 때 가장 많은 고민을 하거든요. 가령 LCD 사양을 정할 때에도 아몰레드를 사용하느냐, TFT를 사용하느냐로 많은 토론과 테스트를 거치죠. 스펙을 정할 때나 기술을 도입할 때도 아이디어가 많이 필요합니다. 그래서 더욱 기억에 남고 보람도 있습니다.

회사에 출근해서 하루를 어떻게 보내시나요?

〉〉〉 수백 가지가 넘는 하드웨어의 성능을 측정하고 분석하다 보면 하루 24시간이 짧습니다. 향후 하드웨어가 어떤 방향으로 진화할지 예측하고 그 수요에 맞춰 신기술을 준비하고 개발하는 것이 가장 신경이 쓰이는 일 중 하나입니다.

현재 근무 조건, 그리고 앞으로 이 일의 전망은 어떤지 듣고 싶습니다.

〉〉〉 IT 관련 학과에 가서 첨단 기술을 배우고 익히는 것은 아주 중요하고 전망 있는 일입니다. 삼성전자만 해도 반도체, 컴퓨터, 휴대전화, 통신설비, LCD 디스플레이 등 전자 산업군이 늘어나고 있죠.

이 직업을 꿈꾸는 아이들에게 꼭 해주고 싶은 말씀이 있다면요?

〉〉〉 어떤 일이든 열정과 기술이 결합되어야 하겠죠. 예전에도 그랬지만 하드웨어와 관련해서는 무선통신이나 무선 시스템과 관련된 일이 앞으로도 수요가 많고 전망이 밝을 것으로 예상됩니다.

소프트웨어 엔지니어(프로그래머)

다음 중 하나라도 해당된다면 소프트웨어 엔지니어를 꿈꿔도 좋습니다!

- [ ] 컴퓨터의 동작 원리가 궁금한 적이 있다.
- [ ] 어려서 장난감 숫자를 세어두고, 순서대로 배열하기를 즐겼다.
- [ ] 공부를 할 때도 순서를 정하고 계획대로 빈틈없이 하려 한다.
- [ ] 스스로 프로그래밍된 것처럼 행동한 적이 있다.
- [ ] 암호를 즐겨 풀고, 수학 퍼즐이 재밌다.
- [ ] 나만의 방식으로 수학 문제를 푼 적이 있다.

★ 위의 체크표는 관련 직종에 어울리는 성향을 일반화한 것으로 이에 해당 사항이 적거나 없어도 대체로 수학, 과학을 좋아한다면 IT 직종을 꿈꾸기에 충분합니다.

명령 프로그램 제작 하드웨어 엔지니어가 컴퓨터 자체를 만드는 직업이라면 소프트웨어 엔지니어는 컴퓨터가 작동하도록 명령을 내리고 (컴퓨터 운영 소프트웨어, 우리가 자주 쓰는 '윈도우'가 이에 속함) 컴퓨터로 작업을 하도록 도와주는(응용 소프트웨어, 애플리케이션이라고도 함. '한글' 프로그램이 이에 속함) 프로그램을 만드는 사람들이에요. 인터넷을 하거나 문서 작업을 하거나 그래픽 작업을 하려면 여러 가지 컴퓨터 프로그램이 필요하죠? 그런 프로그램을 만드는 사람이에요. 보통 프로그래머라고 부르죠. 게임이 돌아가도록 하는 엔진을 만드는 사람도 프로그래머예요. '윈도우'와 같은 특정 운영 체제를 만든 사람들도 프로그래머고요. 빌 게이츠는 대표적인 프로그래머예요. 스마트폰의 애플리케이션도 프로그래머가 만들죠.

시스템 구축·관리 이들은 대기업이나 공공기관이 요청하는 시스템을 구축해주고 이를 관리·운영하는 일도 하죠. 금융기관에 주식매매 시스템을 구축해주거나 집에서 세금을 신고할 수 있도록 공공기관에 홈텍스 시스템을 구축해주는 것 모두 이들이 하는 일이에요. 앞으로 할 일도 무궁무진, 유망한 분야죠. 컴퓨터 속도가 더 빨라지고 정교한 작업이 가능해질수록 프로그램도 그에 걸맞게 더 발전해야 하거든요.

컴퓨터 언어로 프로그램 짜기 물론 하루 종일 컴퓨터 언어로 프로그램을 짜요. 컴퓨터가 생각대로 일을 수행하는지 계속 테스트를 하면서 보다 완벽한 프로그램을 짜기 위해 골머리를 썩이죠. 좋은 프로그래머는 컴퓨터가 쉽게 알아듣도록 명료하게 프로그램을 만든다고 해요. 프로그램에 사용된 함수는 단순하면서 처리 속도는 빠른 프로그래밍이 최근의 과제라고 해요. 요즘은

컴퓨터가 더 복잡한 일을 빠르게 해야 하기 때문에 혼자 프로그램을 짜기보다 팀 단위로 하는 경우가 많아요.

오류 찾기 개인이나 팀이 만든 프로그램을 출시하기 전에 작동에 오류가 없는지 잡아내는 것을 디버그라고 해요. 아주 조그만 실수로도 다운되거나 오류가 날 수 있기 때문에 버그(프로그램상의 오류를 '벌레'에 비유해 표현한 것)를 잡는 데 며칠씩 걸리기도 하죠.

TALENTS 어떤 재능이나 자질이 필요할까요

분석력과 집요함 치밀한 성격과 분석 능력이 필수예요. 원하는 해결책을 집요하게 찾아내고, 거기까지 가기 위해 하나씩 단계별로 밟아가야 하죠.

완벽주의 어느 정도의 실력을 갖춘 사람이라면 98% 정도의 완성도 있는 프로그램을 짤 수 있다고 해요. 그리고 나머지 2%에서 차이가 난다고 나죠. 혹시라도 생길지 모를 의외의 변수를 고려해서 프로그램을 짜는 사람, 꼼꼼히 점검해서 오류가 안 나게 하는 사람들이 이 2%의 실력자들이죠.

창의성과 상상력 의외로 상상력도 무척 중요해요. 상상력과 창의성에 따라 훨씬 더 효율적이고 획기적인 프로그램을 만들 수 있거든요. 가령 '유조선 시뮬레이션' 프로그램을 만든다고 해봐요. 유조선이 조수의 방향과 세기에 따라 몇 가지로 움직일지 경우의 수를 상상하고 모든 조건에 따라 움직일 수 있도록 프로그램을 짜야겠죠?

MAJOR 뭘 공부해야 하죠

전산, 컴퓨터공학, 소프트웨어 컴퓨터에 대한 지식은 필수예요. 학교나 학원에서 각종 컴퓨터 언어를 배우거나 제어 프로그램 등을 배워야 하죠. 대개는 대학의 전산·컴퓨터 관련 학과에서 기초를 배우게 돼요. 기존에 나온 컴퓨터 프로그램을 익힌 뒤에 스스로 간단한 컴퓨터 프로그램을 만들어보면 더 도움이 될 거예요.

이 분야에는 세계적인 기업들이 많아요. 국내 기업보다는 대부분 외국 기업들이에요. 마이크로소프트나 오라클 같은 회사들이 대표적이죠. 이런 회사에 들어가서 경험을 쌓는 것이 유리한 만큼 외국어 실력도 쌓아야 해요.

INTEREST 어릴 때 어떤 분야나 과목에 흥미를 보이나요

수학 퀴즈 컴퓨터 언어가 이진법에 바탕을 두고 있기 때문에 수학을 잘하고 좋아하는 것 또한 필수죠. 어렵고 복잡한 수학 문제를 자신만의 방법으로 풀기를 즐기거나 수학 퀴즈와 퍼즐을 좋아하면 아주 잘 맞아요.

경우의 수, 확률, 수열 수학 중에서도 고등학교 과정인 행렬과 수열을 좋아하면 적성에 잘 맞아요. 중등 과정이라면 경우의 수를 잘 찾아내는 사람에게도 흥미로운 직업이에요.

PEOPLE 대표적인 인물은 누구인가요

빌 게이츠, 세르게이 브린, 마크 주커버그 구글의 공동 창업자인 세르게이 브린은 소프트웨어 엔지니어의 대표적인 인물이라고 할 수 있어요. 마이크로소프트 창업자 빌 게이츠 전 회장도 전형적인 프로그래머 출신이죠.

내꿈사 직업탐구_스티브잡스를 꿈꾼다면

IT는 '휙휙' 빨리 변해요

금강제화 전산실 이종완 차장(소프트웨어 엔지니어)

어떻게 지금의 직업을 갖게 되셨는지요?

>>> 인하대학교 통계학과를 나왔고요. 당시 통계학과는 경영학과 전산학을 전공선택할 수 있어서 그중 전산학을 수강했어요. 학교에서 배운 것만으로는 한계가 있어서 '삼성SDS 멀티캠퍼스' 6개월 과정을 수료했고요. 이곳에서 4세대 프로그래밍 언어 '4GL'을 배운 뒤 이곳 금강제화 전산실에 입사해서 지금까지 15년 동안 근무했어요.

가장 기억에 남는 업무가 있다면 어떤 것이었나요?

>>> 입사해서 포스(POS)와 매출 관리 시스템을 개발했어요. 전국 400여 매장의 실시간 매출 상황이 곧바로 집계·분석되는 시스템이죠. 8개월 동안 5일 정도밖에 못 쉬었을 정도로 바빴는데, 그 때문인지 가장 기억에 남아요.

회사에 출근해서 하루를 어떻게 보내시나요?

>>> 저희 업무의 80%는 기존 프로그램을 유지·보수하는 일이에요. 20%는 새로운 시스템을 개발하는 데 쓰고요. 기존 프로그램을 보강해 현 상황에 맞게 업그레이드하는 일이 유지·보수에 해당되고요. 온라인화한다든가 실시간 검색이 가능하도록 만드는 것 또한 중요 업무 중 하나입니다.

현재 근무 조건, 그리고 앞으로 이 일의 전망은 어떤지 듣고 싶습니다.

>>> 저는 회사 업무에 필요한 프로그램을 만들고 있으니 응용 프로그래머라고 할 수 있는데요. 프로그래머는 대개 둘로 나누는데 저처럼

전산실에서 일하는 사람들을 SM이라고 부르고 전문 소프트웨어 회사(삼성SDS나 LG CNS 등)에서 일하는 사람들을 SI라고 구분해서 불러요. 흔히 "SM은 덜 힘들고 덜 받고, SI는 더 힘들고 더 받는다"고 말하기도 하죠. 근무 조건과 연봉은 일반 대기업 수준이라고 생각하시면 됩니다. 현재 수요는 응용 프로그래머 쪽이 많지만 앞으로는 네트워크나 보안, 시스템 엔지니어 쪽의 전망이 밝아요. 해커들로부터 중요한 정보와 자산을 지키기 위해 국가기관과 기업이 한층 보안을 강화하고 있는 추세거든요.

이 직업을 꿈꾸는 아이들에게 꼭 해주고 싶은 말씀이 있다면요?

>>> 좋은 프로그래머란 사용자 입장에서 제품을 쓰기 쉽게 만드는 사람이에요. 100분의 1 확률로 발생하는 상황도 커버할 수 있도록 마무리를 꼼꼼하게 하는 게 아주 중요해요. SM이든 SI든 서로 팀을 이뤄서 일하기 때문에 '남의 말을 잘 듣고' '하고 싶은 말을 잘하는' 커뮤니케이션 능력도 필수 자질 중 하나입니다.

잠깐! 게임을 좋아하는 친구들이라면?

요즘 컴퓨터 게임 정말 많이 나오죠. 여기에 전용 게임기(플레이스테이션, 닌텐도, PSP)에서 할 수 있는 것까지 생각해보면 정말 많은 게임들이 있어요. 스마트폰에서 할 수 있는 게임도 빼놓을 수 없겠죠. 예전엔 컴퓨터에서 운영되는 프로그램을 개발하기만 하면 되었는데 이제는 다양한 기기에 맞춰 다양한 프로그램을 만들어야 한다는 뜻이에요. 그만큼 프로그래머가 할 일이 많겠죠? 당연히 전망도 밝고요. 하지만 끊임없이 새로운 기술을 습득해야 한다는 뜻으로도 해석할 수 있어요. 그래서 프로그래머들은 항상 공부를 해야 해요.

컴퓨터 기억장치 설계자
반도체 설계 연구원

다음 중 하나라도 해당된다면
반도체 설계 연구원을 꿈꿔도
좋습니다!

- ☐ 1000조각 퍼즐에 도전한 적이 있다.
- ☐ 컴퓨터 회로나 휴대전화 칩을 보고 호기심을 가진 적이 있다.
- ☐ 복잡하게 꼬인 문제를 풀기 좋아한다.
- ☐ 눈에 보이지 않는 추상적인 사고에 강하다.
- ☐ 물리학, 화학에 관심이 있다.
- ☐ SF영화에 나오는 첨단 통신장비를 검색해보았다.

★ 위의 체크표는 관련 직종에 어울리는 성향을 일반화한 것으로 이에 해당 사항이 적거나 없어도 대체로 수학, 과학을 좋아한다면 IT 직종을 꿈꾸기에 충분합니다.

내꿈사 직업탐구_스티브잡스를 꿈꾼다면

WHAT 반도체 설계 연구원은 어떤 직업인가요

기억장치 설계 반도체 설계 연구원은 컴퓨터에서 생각 기능을 담당하는 모든 종류의 반도체를 설계하고 만들어내요. 크게는 하드웨어 영역에 속하죠. 흔히 램(RAM)이라고 부르는 주기억장치, 롬(ROM)이라고 부르는 읽기 전용 기억장치, 플래시 메모리에 이르기까지 다양한 반도체를 만들어요. 이 같은 반도체는 컴퓨터 외에 휴대전화, MP3 등 거의 모든 전자기기에 쓰여요.

반도체 설계 연구원은 이렇게 직접 반도체를 설계하거나 반도체 시스템을 분석하는 사람이에요. 연구소뿐 아니라 삼성전자 등 반도체 공장에서 일하면서 제품이 안정적으로 나왔는지 불량인지에 대해 검사를 하고, 반도체 제작에 대한 체계적인 공정을 만들기 위해 노력하기도 해요.

24 HOURS 반도체 설계 연구원의 하루가 궁금해요

클린룸 정밀 작업 반도체 설계 연구원의 대표적인 이미지는 클린룸에서 무균복을 입고 일하는 기술자일 거예요. 하얀색 우주복 같은 옷을 입고 고도의 정밀한 작업을 수행하지요. 초고밀도 집적회로를 만드는 경우 아주 조그마한 먼지도 치명적이기 때문에 밀폐된 공간에서 일해야 해요.

반도체 칩 설계 반도체 설계 연구원이나 시스템 연구원은 일반 사무직과 같은 환경에서 일하

기도 해요. 하루 종일 전자 장치를 붙들고 있어야 하고 아주 사소한 오류도 발생하지 않도록 신경을 많이 써야 하는 직종이에요.

TALENTS 어떤 재능이나 자질이 필요할까요

수식화 무언가에 대해 탐구하는 것을 좋아하고 만드는 것에 대해서 흥미가 있으면 돼요. 숫자에 밝은 것도 도움이 되겠죠.

끈기 가장 중요한 것은 끈기가 있어야 한다는 점이에요. 논리적으로 사고하고, 어떤 문제를 접하든 그것을 그림이나 수식으로 표현할 수 있으면 더할 나위 없죠.

MAJOR 뭘 공부해야 하죠

반도체공학, 신소재공학 기본적으로는 전자공학이나 전기공학을 전공으로 하는 경우가 많아요. 최근엔 아예 반도체공학과가 따로 개설된 학교도 많아요. 반도체에 사용될 수 있는 재료(신소재)공학과도 이 업종과 밀접한 관련이 있어요. 주로 이들 학과에서 집적회로 이론, 전자공학 설계, 세라믹스 소자, 박막 소자 등에 대한 공부를 하게 돼요. 물론 수학·물리학·화학 등의 기초과학과 전자공학 같은 응용과학 공부를 모두 해야 해요.

내꿈사 직업탐구_스티브잡스를 꿈꾼다면

 어릴 때 어떤 분야나 과목에 흥미를 보이나요

회로와 퍼즐 복잡한 전자회로에 지대한 관심을 보이는 사람이 있어요. 어릴 때는 극도로 복잡한(예를 들어 1000조각짜리) 퍼즐 맞추기를 좋아해요. 이런 사람이라면 반도체 설계 연구원이 되기에 충분하죠.

 대표적인 인물은 누구인가요

고든 무어, 황창규 인텔사의 창립자인 고든 무어는 이 분야의 가장 대표적인 인물이에요. 그런데 이 분야는 특히 우리나라 출신 인물이 많아요. 한국의 삼성전자와 하이닉스 반도체가 세계적인 기업이기 때문이에요. 삼성전자 반도체 신화를 이룩한 진대제 전 정보통신부 장관, 황창규 전 삼성전자 사장, 이윤우 삼성기술연구원 원장 등이 대표적인 반도체 전문가죠.

시스템 네트워크 전문가

다음 중 하나라도 해당된다면
시스템 네트워크 전문가를
꿈꿔도 좋습니다!

- ☐ 혼자 하는 게임보다 웹상에서 친구들과 만나서 하는 게임을 즐긴다.

- ☐ 인터넷 선이 어떻게 연결되어 있을까 궁금한 적이 있다.

- ☐ 해커를 꿈꾼 적이 있다.

- ☐ 추리소설을 좋아한다.

- ☐ 싸이월드, 트위터 등 웹상에서 만나는 그룹이 여럿이다.

- ☐ 여러 가지 방법으로 수학 문제를 풀어본 적이 있다.

★ 위의 체크표는 관련 직종에 어울리는 성향을 일반화한 것으로 이에 해당 사항이 적거나 없어도 대체로 수학, 과학을 좋아한다면 IT 직종을 꿈꾸기에 충분합니다.

내꿈사 직업탐구_스티브잡스를 꿈꾼다면

 ## 시스템 네트워크 전문가는 어떤 직업인가요

서버·통신망 운영과 관리　2006년에 네이버의 특정 서비스가 5시간 동안 다운된 적이 있었어요. 사고 원인은 방문자들의 데이터 요청을 서버로 전달해주는 네트워크에 문제가 생겼기 때문이죠. 이때 달려가서 수습해준 사람들이 시스템 네트워크 엔지니어예요. 이들은 또한 통신 장비 및 회선의 테스트, 모니터링, 장애 처리 등의 업무를 해요.

네크워크 구축　정보가 통합되면서 인터넷으로 주민등록등본을 뗄 수 있는 시대가 왔죠? 이는 각 동사무소에 흩어져 있는 정보를 통합해서 최단 시간 내에 원하는 서비스를 받게 해준 것으로, 시스템 네트워크 전문가들의 솜씨죠. 이들은 네트워크와 관련된 각종 통신망을 운영·관리하고 시스템을 설계·설치하는 엔지니어예요. 네트워크 엔지니어라고도 해요. 네트워크 관리자, 네트워크 디자이너라고도 부르죠.

24 HOURS　시스템 네트워크 전문가의 하루가 궁금해요

네크워크 구축과 관리, 순찰　시스템 네트워크 전문가의 하루는 정말 바빠요. 특히 네트워크에 장애가 발생했을 때는 하루 24시간이 모자랄 지경이죠. 악의적인 목적을 가진 해커들이 외부에서 네트워크에 침투했을 때 이를 방어하는 전략을 세우고 실행하는 사람도 시스템 네트워크 전문가예요.

TALENTS   어떤 재능이나 자질이 필요할까요

치밀함 치밀하게 분석하길 좋아하는 사람에게 적합해요. 이 분야에서 일하는 사람들 중에는 아주 꼼꼼한 사람들이 많죠.

순발력 서버가 다운되는 등 위기의 순간을 자주 접하기 때문에 순발력이 뛰어나고 임기응변에 능한 사람이 유리해요.

MAJOR   뭘 공부해야 하죠

컴퓨터공학 컴퓨터와 관련된 직종 중 컴퓨터와 네트워크에 대한 가장 깊이 있는 지식이 필요한 분야예요. 하드웨어와 소프트웨어 모두를 알아야 하죠. 그래서 이 분야를 공부한 사람들은 다방면으로 진출할 수 있어요.

전파공학 요즘엔 무선 네트워크로 연결되기 때문에 전파공학과도 이 직종으로 많이 진출해요.

INTEREST   어릴 때 어떤 분야나 과목에 흥미를 보이나요

수학, 논리 퍼즐 여러 가지 프로그램을 배워서 사용해보고 컴퓨터 언어를 배워서 프로그램을 짜보는 정도는 이 분야에선 아주 기초 중의 기초예요.

내꿈사 직업탐구_스티브잡스를 꿈꾼다면

문제 해결 주변의 모든 것에 호기심을 갖고 친구들과 함께 문제를 해결하는 것에서 즐거움을 느낀다면 이 직업에 알맞은 자질을 갖춘 거죠.

통신 인터넷상에서 사진이나 서류 등을 주고받는 일을 남들보다 가장 먼저 해보고, 그런 일을 가장 잘하는 방법을 연구하는 사람이라면 더욱 좋아요.

PEOPLE
대표적인 인물은 누구인가요

안철수, 이해진 안철수연구소를 창업한 안철수 한국과학기술원 석좌교수가 국내에서 가장 대표적인 인물이에요. 네이버를 창업한 이해진 NHN 이사회 의장도 넓게 보면 시스템 네트워크 전문가였어요.

잠깐!
해커와 싸우는 보안 전문가가 궁금하다고요?

보안 전문가들은 소프트웨어와 하드웨어, 통신망과 네트워크를 망라해서 알고 있어야 해요. 회사의 전산망을 뚫거나 특정 사이트의 개인 정보를 알아내려는 해커들은 어디에나 있게 마련이죠. 이들을 막기 위해서는 철통같은 '보안 프로그램'을 만들어야 해요. 물론 이것은 소프트웨어 영역이죠. 하지만 날로 영악해지는 해커들에 대항하는 데 '보안 프로그램'만으로는 한계가 있다고 해요. 서버와 통신망을 뚫고 들어오기 때문에 이 분야에 대한 지식이 필수죠. 최근 들어 보안 전문가를 소프트웨어 엔지니어나 시스템 네트워크 전문가 영역에서 빼내 별도의 직업군으로 다루는 이유가 여기에 있습니다. 결국 하드웨어와 네트워크까지 잘 알아야 '보안 인재'가 될 수 있는 거죠. 다재다능해야 IT 경찰이 될 수 있겠죠?

스티브 잡스를 꿈꿔 봐

궁금해요, IT 관련 학과
전자공학과와 컴퓨터공학과, 무엇이 다를까요?

전자공학과와 컴퓨터공학과, 왜 이름이 다른지 궁금하지요? IT 학과도 하드웨어냐, 소프트웨어냐에 따라 학문적인 성격이 달라서 크게 두 가지로 나뉘어져요. 이제 학과 이름만 보고도 대강 어떤 쪽을 중점으로 배우는지 알 수 있도록 IT 학과를 뒤져볼까요?

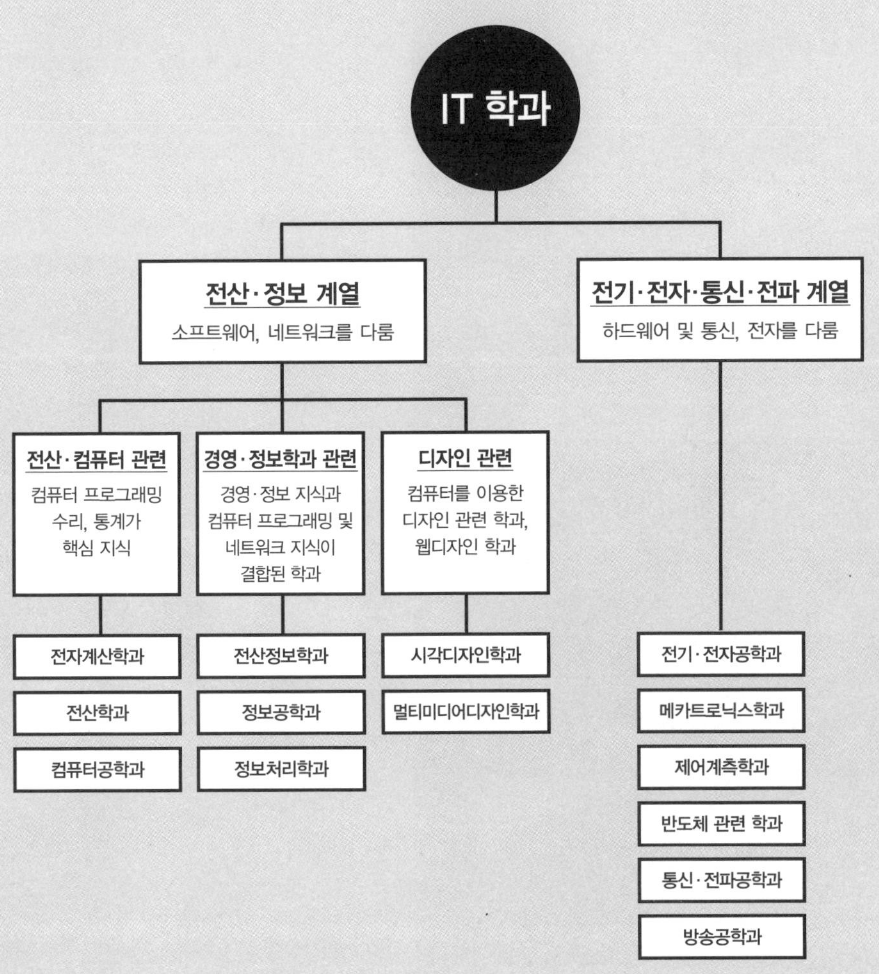

IT 관련 학과에 가면 무엇을 배우게 될까요?

전자공학, 컴퓨터공학, 전자전파공학, 전산학과 등 IT를 배우는 학과는 아주 많아요. 학교에 따라 커리큘럼은 다르지만 대개는 옆의 표와 같은 과목을 공부하게 됩니다.

학부 때는 전반적인 전기와 전파, 프로그래밍에 대한 기초 지식을, 석·박사 과정에서 구체적인 분야를 집중적으로 공부하게 됩니다. 전망도 밝고 수요도 많은 만큼 해야 할 공부도 늘어나고 있죠.

전기회로, 전자회로, 반도체, 프로그래밍 언어 등을 기본으로 컴퓨터 시스템과 디지털 통신을 배우고요. 더 나아가서는 로봇공학과 신생에너지 등의 미래 산업도 모두 전자공학과 밀접한 관련이 있어요.

고려대학교 전기전자전파공학부 커리큘럼 ▶

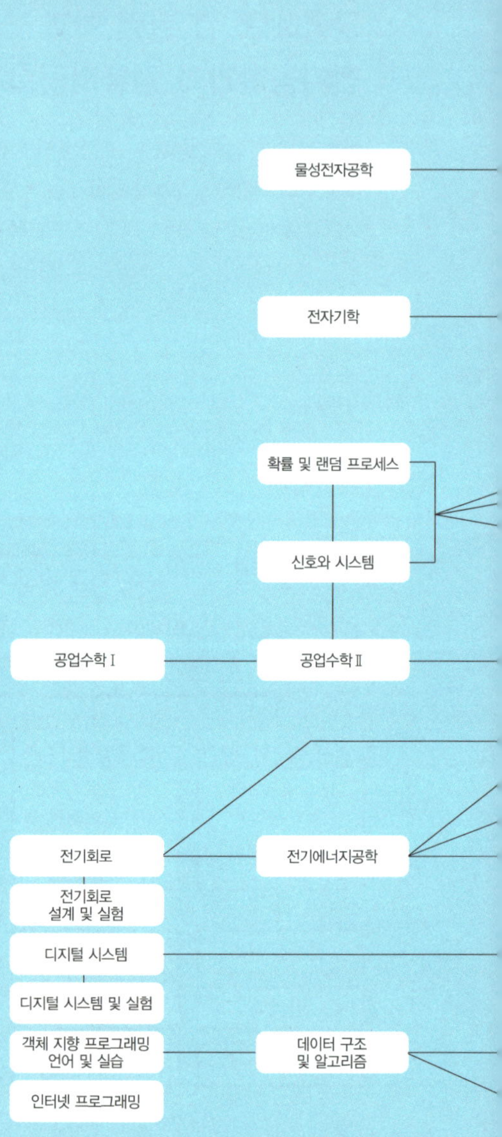

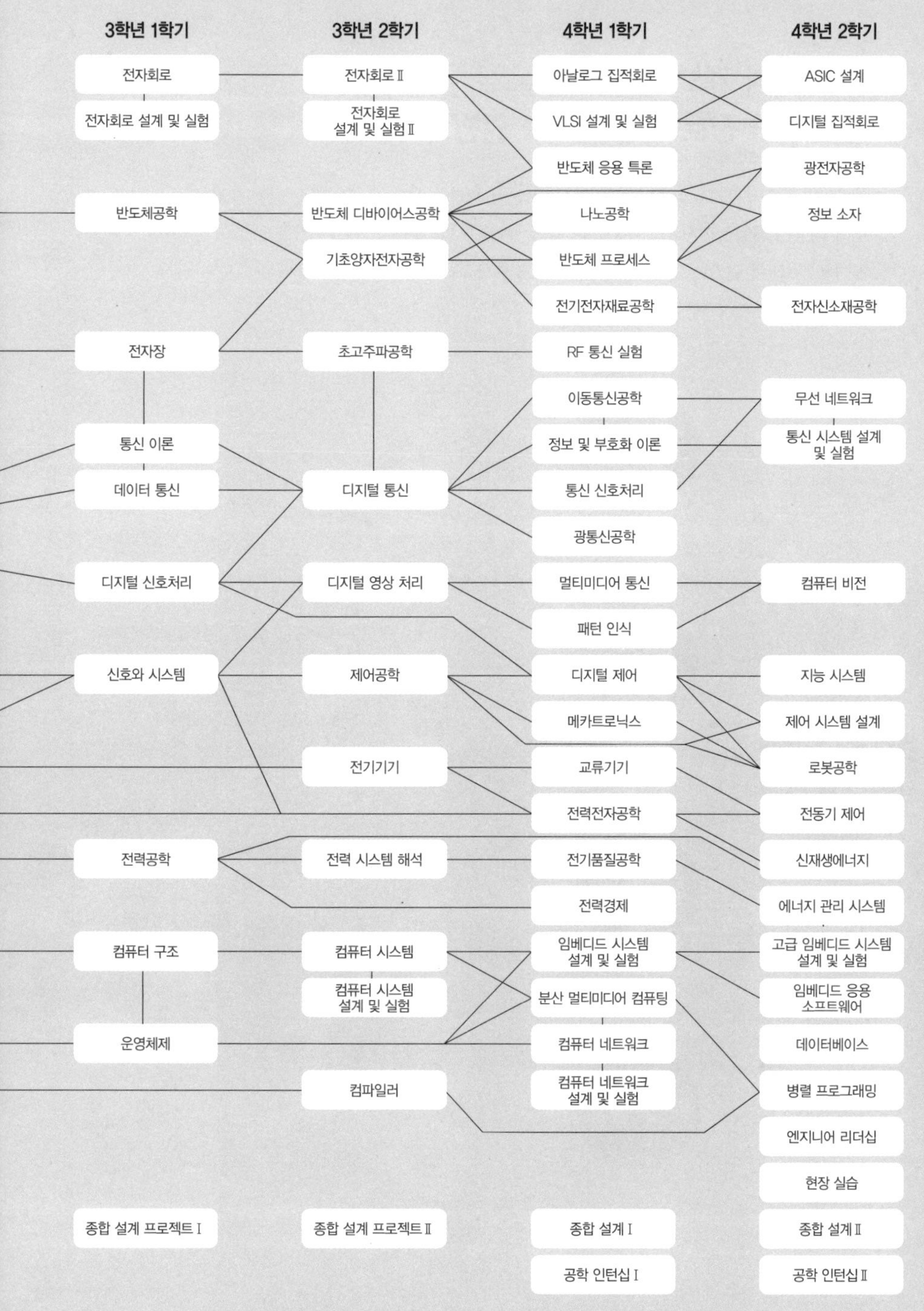

3학년 1학기
3학년 2학기
4학년 1학기
4학년 2학기
전자회로
전자회로 Ⅱ
아날로그 집적회로
ASIC 설계
전자회로 설계 및 실험
전자회로 설계 및 실험 Ⅱ
VLSI 설계 및 실험
디지털 집적회로
반도체 응용 특론
광전자공학
반도체공학
반도체 디바이어스공학
나노공학
정보 소자
기초양자전자공학
반도체 프로세스
전기전자재료공학
전자신소재공학
전자장
초고주파공학
RF 통신 실험
이동통신공학
무선 네트워크
통신 이론
정보 및 부호화 이론
통신 시스템 설계 및 실험
데이터 통신
디지털 통신
통신 신호처리
광통신공학
디지털 신호처리
디지털 영상 처리
멀티미디어 통신
컴퓨터 비전
패턴 인식
신호와 시스템
제어공학
디지털 제어
지능 시스템
메카트로닉스
제어 시스템 설계
전기기기
교류기기
로봇공학
전력전자공학
전동기 제어
전력공학
전력 시스템 해석
전기품질공학
신재생에너지
전력경제
에너지 관리 시스템
컴퓨터 구조
컴퓨터 시스템
임베디드 시스템 설계 및 실험
고급 임베디드 시스템 설계 및 실험
컴퓨터 시스템 설계 및 실험
분산 멀티미디어 컴퓨팅
임베디드 응용 소프트웨어
운영체제
컴퓨터 네트워크
데이터베이스
컴파일러
컴퓨터 네트워크 설계 및 실험
병렬 프로그래밍
엔지니어 리더십
현장 실습
종합 설계 프로젝트 Ⅰ
종합 설계 프로젝트 Ⅱ
종합 설계 Ⅰ
종합 설계 Ⅱ
공학 인턴십 Ⅰ
공학 인턴십 Ⅱ

IT 직업의 계보,
알아두면 진로 결정하기가 훨씬 쉬워요!

매년 IT 관련 학과에서 14만 명 정도의 졸업생이 사회로 진출한다고 해요. 실업계 고등학교부터 대학원 졸업생까지 그 숫자가 꽤 많은 편이죠? 그만큼 IT 관련 직업은 명칭도 갈래도 많아요. 앞에서 살폈던 분야 외에 통신·방송 쪽도 크게는 IT 범주에 속해요. 이제 우리가 진출해야 할 직업의 가지들을 하나씩 살펴볼까요?

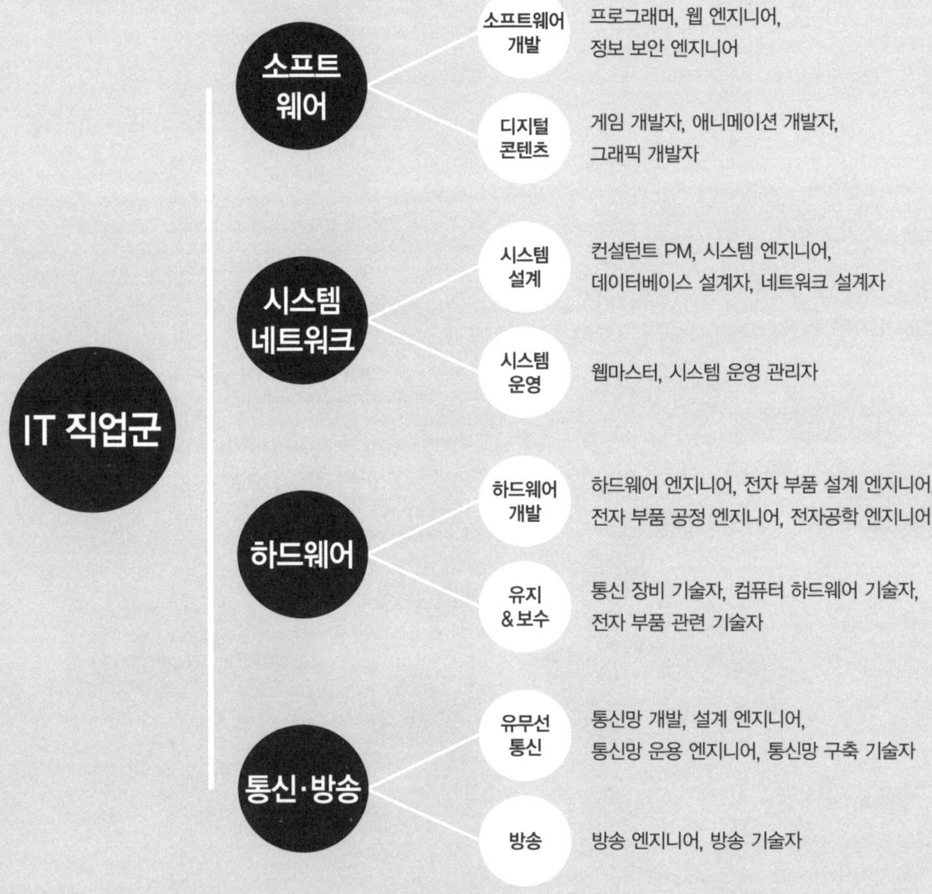

자료: 정보통신정책연구원